徐君——著

唯有
快乐不可辜负

无论发生什么，这都是生活
每一个不快乐的日子，都是对生命的辜负

时代出版传媒股份有限公司
北京时代华文书局

图书在版编目（CIP）数据

唯有快乐不可辜负 / 徐君著 . -- 北京 : 北京时代华文书局 , 2016.1
ISBN 978-7-5699-0754-4

Ⅰ . ①唯… Ⅱ . ①徐… Ⅲ . ①随笔－作品集－中国－当代 Ⅳ . ① I267.1

中国版本图书馆 CIP 数据核字 (2015) 第 301449 号

唯有快乐不可辜负

著　　者 | 徐　君

出 版 人 | 杨红卫
责任编辑 | 张彦翔
装帧设计 | 壹品堂　王艾迪
责任印制 | 訾　敬

出版发行 | 时代出版传媒股份有限公司 http://www.press-mart.com
北京时代华文书局 http://www.bjsdsj.com.cn
北京市东城区安定门外大街 136 号皇城国际大厦 A 座 8 楼
邮编：100011　电话：010－64267955　64267677
印　　刷 | 北京卡乐富印刷有限公司　010－64267397
（如发现印装质量问题，请与印刷厂联系调换）
开　　本 | 880×1230mm　1/32
印　　张 | 7.5
字　　数 | 197 千字
版　　次 | 2016 年 3 月第 1 版　　2016 年 3 月第 1 次印刷
书　　号 | ISBN 978-7-5699-0754-4

定　　价 | 38.00 元

我一直相信
我生来如璀璨的夏花
信为蕊，香为魂，月为肌
终日与清风嬉戏

我在每个清晨
都盛开的如此努力
我抖擞所有的花瓣
似乎穿越了无数历史风烟

在寂沉沉的黑夜里
在虫咬、风摧、雨袭的每个夜晚
我咬紧牙关
倔强地把每只花瓣护紧

我知道等阳光出来
我必将以
含羞带露的撩人姿态
等待你的到来

我邀请音乐踏露而来
与我身边的虫鸣和谐生辉
在月朗星稀的日子
我尝试吟诵动人的诗句

当蜜蜂和蝶儿翩翩飞来
我会允许它酿成最甜的蜂蜜
当我的花瓣零落成泥时
你入口的甘甜还有我生命的气息

我璀璨一生的美好
以花粉的形式传播
我希望有一颗落在你窗前
另一颗种在你心里

我短暂的生命如此努力
我的爱甚至有点儿卑躬屈膝
我知道我只是一朵夏花
在秋日我的生命即将归于永寂

我每日开在你必经的路旁
和其他的花裹挟于一起
我以姿态的美好和善意
企图唤起你的注意

推荐序一：徐君·印象

初识徐君，是在一个夏日悠扬的傍晚，几位好友相约在京郊的一个会所，名曰“菩提汇”，这里古香古色、禅意十足、潺潺瑟鸣，令盛夏的小聚显得格外优雅别致。大家寒暄着，一位美丽女子姗姗来迟，她一袭绿色礼服连衣裙，让我感到这个晚宴的隆重。朋友向我介绍说这位就是徐君，央视著名节目主持人，大家叫她“郡主”，听到她从事的工作和自己的职业有些关联，便心生亲近。

席间，气氛活跃，聊起电影，“郡主”就讲起了她人生的三个愿望，第一个愿望是出一本自己写的书（这个愿望已经实现），第二个愿望就是拍一部自己亲自参与制作的电影，我们针对这个话题大聊特聊，甚至席间就锁定了一个题材故事，并商量如何实施方案。谈话间，我今年又多了一项影视“创作任务”。我很惊讶“郡主”的语言表述能力，短短的几句，我已被她所描述的故事吸引，这个貌似孱弱的小女子，亲和且不事张扬，言谈中散发着善意与乐观，我在想象着她的阅历，虽然看起来她如此的年轻貌美、直爽开朗，但又似乎觉得她是一个有故事的女孩儿。

今天，我读到了她书中的文章，让我对才女“郡主”的印象更为清晰，她有着隽秀的文笔和丰厚的文学修养，感知生活点滴中我又看到了她的真实、善良、母爱，一个热爱生活、心向宁静的娴静女子。在这个嘈杂浮躁的时代，实不多见。

我很高兴能有这样一位朋友，我们在一起可以有聊的交流，谈兴趣、谈创作，一起完成她的电影梦想，同时，祝愿徐君永远快乐幸福！希望她的第三个愿望尽快实现！

知名演员、导演　李艳秋

推荐序二：不如守拙以清心

【作者按】杨铄今是我商学院的老师，他聪明、睿智，不仅课讲得生动有趣、深入浅出，还为每一个同学倾情付出，帮助很多同学的企业或者人生找到止损点、转折点，从他成就别人来看，他确实有佛菩萨的慈悲心。杨铄今经历颇丰，他曾经是我的同事，做过中央电视台主持人，后辞职，年纪轻轻做了原香港上市公司第一视频的CEO，现为双志精英会理事长，DG GROUP董事局主席，双志伟业金融控股集团董事长。得知我要出书，他欣然答应帮我写序。

徐君让我为她的新书作序，诚惶诚恐之余，想来还是应该写些关乎幸福的价值与意义。生命中，总有些人，浓烈如酒，疯狂似醉，却是醒来无处觅，来去都如风，梦过无痕。缘深缘浅，如此这般：无数的相遇，频繁的别离，伤感良多，或许不舍，或许期待，或许无奈，终得悟，不如守拙以清心，淡然而浅笑。看花开花落、云卷云舒、缘来缘去。 而好在慨叹这些之余，我们的生命里还有些人，安然而来，静静守候，不离不弃；徐君便是如此。

喜欢看徐君的书，是因为她秀外慧中的品性与匠心独运的观点。在她的书里，“幸福”和“智慧”从来都是一体的两面，是分不开的，只是它的功能和表现不同而已。“有智慧”的人，她的内心世界经常能保持平静、清楚、明白，不受任何环境的情况所困扰，同时能关怀他人，主动释放善意，做他人的知音、知心，在意别人的在意，让自己深入他人的内心世界，观照幸福的缘起。

所以懂得经营幸福是一份观照。一份莫向外求的观照。如果让自己的心平静如无波之湖，我们就能以明朗清澈的心情来照见这个无边的复杂世界中最简单的幸福，在一切优美、败坏、清明、污浊之中找到幸福。幸福的人，一切烦恼都会带来觉悟，而一切小事都能使我们感知它的意义与价值。真正的幸福是一点一点争取的，一天一天积累的；懂得经营幸福是一种成熟。因为它不是看我们的年龄有多大，而是看我们的肩膀能挑起多重的责任。不去伤害喜欢我们的人，也不要让我们喜欢的人受到伤害；喜欢一个人要用心，真心交流，恒心相守；不计较得与失，用一颗宽容的心包容他人的缺点与失误。

懂得经营幸福是一点陪伴。多花些时间和能让我们快乐的人在一起，少一些时间和那些让我们感到压力的人相处；不要说别人的梦想是不可能的，当他们用成功证明我们错的时候，那将是一件难堪的事；不管我们犯了多少错或者进度多慢，仍然比那些没有开始的人领先；所以，一个人幸运的前提，是他有能力改变自己；心境可以归于平和，但不能趋于死寂。

懂得经营幸福是断除烦恼。在我们的生命中烦恼犹如盗贼，迟早偷走心中的善财。贪欲会偷走知足之财，让我们饱受贪婪之苦；嗔恚会偷走爱心之财，让我们饱受怨恨之苦；愚痴会偷走才智之财，让我们饱受无明之苦；妒忌会偷走随喜之财，让我们饱受嫉妒之苦；傲慢会偷走恭敬之财，让我们饱受消福之苦。于是，经营幸福，就是认识烦恼；珍视幸福，就是解决烦恼；成就幸福，就是战胜烦恼。以此为序。希望大家通过内心与本书的相应，拥有更多的幸福。共勉。

双志精英会理事长、DG GROVP董事局主席　杨铄今

推荐序三：像公主一样去爱，像女王一样生活

我和徐君是商学院的同学，她是我们班里的沙龙委员，开始我认为，中央电视台主持人身上一定有傲娇之气，不好接触，但她竟然是如此平和谦逊，组织沙龙活动非常认真负责，对待同学们也很热情关心，同学们都对她评价很高。

作为大家公认的才女，她马上要出第二本书了，委托我为她写序，我有点儿受宠若惊，我们曾搭档主持过班里的新年晚会，那次的主持经历很愉快，也让我感受到她身上的细致和才气。她很认真地说："大勇，你文笔好，对我也了解，帮我写个序吧。"

我愉快地应承下来，通过点点滴滴接触，忠实地写下她给我以及同学们的印象：

徐君是个让人羡慕的女子。她活得简单幸福。做着自己喜欢的工作，有着自己喜欢的生活，被人爱着，也爱着人，有个聪明伶俐的儿子，有一群至情至性的朋友，经济自由，无忧无虑。她身上总有一种不属

于媒体界的淡定和悠然。在她许多同行急功近利地追求速成的成功时，她依然能安逸优雅地按照自己的节奏过着人生。

她热爱生活。我本来觉得，生活就该是随遇而安的，大事上靠谱，小事上随意。但徐君给我展现了另一种生活态度。她是个认真生活而且精致生活的女人。每次见面她都穿得隆重而有格调。有时是典雅的礼服，有时是粉嫩的套裙，她是个在生活细节上严格要求自己的人。她的业余时间安排得充实而有意义，为大学生做讲座，与观众交流，参加慈善公益活动。一个认真生活而且懂得生活的女人，她的魅力是无处不在的。

她投入工作。她在央视主持《道德观察》栏目。工作量很大，还要到处奔走，研究不同的案例，与不同的人对话。但她从来不觉得辛苦，她愿意并且敢于尝试，并不想待在一个舒服、安全的小圈子里墨守成规，她迷恋工作、热爱工作，在工作时，工作就是她的恋人。也许正是因为这样的一份投入，才让她在屏幕上永远熠熠生辉。

无论是主动申请走出演播室到基层采访，还是认真对待每一期稿件，徐君身上体现了一个山东女人的认真可爱。工作和任何一件事嘱托给她尽可放心，因为没有把握的事儿，她绝不轻易允诺，但答应了的事儿，纵有再大困难，她也尽力去做。

她酷爱读书。她喜欢看中外历史、人物传记，还爱看艺术类、工具类读物，也会看自我成长和与家庭健康相关的书。我常常惊讶她哪里来的时间读那么多的书。她告诉我说，闲暇时，她最喜欢的事就是泡一杯花茶，捧一本好书，放一曲悦音，慢慢品茗，细细读书，静静赏乐。腹有诗书气自华，这句话用在她身上再合适不过。

她温婉贤淑。按说一个央视的主持人肯定是热爱社交的。她却喜欢和家人待在一起。一日三餐，营养搭配，精心地为家人准备。在一铲一勺一粥一菜中倾尽对亲人的关心和爱，在一桌一椅一床一被里倾尽了对家庭的眷恋，在柴米油盐酱醋茶里倾尽了一个贤妻良母的爱与情。出去和朋友聚会时，她常常把自己六岁大的宝贝儿子带在身边，眼里流露的满满的都是一个妈妈深深地爱。她说，当了妈妈以后，你会真正理解，给予是不需要回报的，你的爱就是为了爱，这是一种非常纯粹、非常有成就感的快乐，会带来很强烈的幸福感。

她坚定努力。很多人看到徐君的幸运，却忽视了她背后的努力。她一路走来，虽然总体上看起来顺风顺水，却也经历了许多不为人知的压力和挑战。但她从来都不曾放弃。无奈后、委屈后、沮丧后、疼痛后、流泪后，她依旧会让自己笑颜如花。她说，今天承受再大的痛苦，未来上天必会用成倍的幸福、快乐来补偿，只要我们满怀信心、只要我们坚持正确的方向。

她善良真诚。她时刻在证明着真诚的可贵。她曾经在301医院门口遇到一个女子，声称自己要给孩子治病但是身上没有钱，她就把身上所有的钱都掏出来交给那个女子，还寻求自己朋友们的帮助。朋友们都说她一定是被人骗了，她却淡然地说："万一人家是真的需要帮助呢？”她在自己老家的中学资助了几十个家境贫寒但是勤奋上进的学生。她觉得这小小的帮助也许能温暖他们，改变他们一生的命运。她说：“希望他们相信，虽然这个社会越来越浮躁，但依然有真情在，依然要相信美好。”

有一种力量，从她身上散发出来；有一种关怀，从她眼中流露出来。她说：“这个世界上，每个人都怀有自己的算计，每个人都握紧自己的心事，所以人与人之间不再容易信任。如果这世界大家都只有怀疑和猜忌，还有什么意义？”她内心这份真实和真情，令人动容。

这是她第二次出书。其实写作是一个与自己对话的过程。让人在这个浮躁的世间静下心来倾听自己，真正面对自己，把那些平日里不能与人交流的、生活中点滴的喜怒哀乐掰开揉碎细细咀嚼，把内心沉积的情绪梳理清楚。读她的文字，可以体会到的都是她生活中随处偶拾的感悟。在春日里看到繁花似锦，便有了她的陌上花开；在黄昏里看到耄耋老人牵手散步，便有了她的玉渊潭游园有感。她的文字，都是不经意的产物，是一种随意、一种放达、一种简洁的自我表现。她是细腻的，敏感的，常常能抓住一个关键性的细节，将美的事物凸现出来。虽然所叙之事、所述之理，也是我们屡见不鲜的小事，但却透出一种令人感动的人文关怀、折射出朴素的人生哲理。

现在的徐君，有着磨砺后的干练，经历后的知性，历练后的成熟，沉淀后的大气。心有琴弦，雅意一生，绽放着自己，美丽着世界。任世上风云来去，她自悠然娉婷，安之若素。她曾说：“幸福的目的不是为了被人看见，让人羡慕，幸福只跟自己内心的感受有关。”衷心地祝福这个内心安宁的女子。

前外交官、普拓资本执行董事　刘致勇

推荐序四：把快乐当信仰

我和徐君是商学院的同学，在学校的时候，我们就叫她“郡主”，她是我们公认的大才女。

很高兴看到她在这本书中分享着她的快乐。

读到这些文字的时候，更能感受到她对快乐的追求和崇尚，也如我们一直感受到的她，面对任何生活和工作中的压力总能自然化解，以从容、和气的状态示人。她和气、有朝气，再加上才气，有这几种“气”集一身，想不快乐都不行。我一直都佩服她这点，曾经想知道她用什么法子让自己在高压的生活状态中处变不惊、从容应对，看了这些文字才明白，这一切一定与她有着崇尚快乐的信念有关，把快乐当信仰，自然就把压力从体内“净化”了。

“郡主”在书中提到了采访《甄嬛传》编剧流潋紫的事，写成了《倾我一生一世念》一文。“郡主”说：“实在很爱甄嬛这个女人，她的聪慧、美貌、机敏、隐忍简直成为我成长的教科书。” 我在剧中扮演的温太医也是深爱着甄嬛，愿意为她做任何事。剧中的甄嬛是美貌的、智慧的，但是隐忍更多、快乐就少了一些；而生活中的“郡主”则是快乐和真实的，完全不必羡慕甄嬛娘娘——那样多累啊，还是快乐点儿的好。

曾有媒体问我，为什么能一直保养这么好？我回答说：“心态最重要”。很多人说保持一个良好的心态这种说法太官方了，但其实你心情好，自然就不会老；你天天郁闷，这也不舒服那也不舒服，你自然不会好。我经常跟身边的朋友说你干嘛整天这么郁闷，郁闷容易生病。我当然是开玩笑，但如果要让自己好，别惩罚自己，一定要让自己快乐。你看，我们对快乐的理解是一样的。

我们的工作和生活中总是遇到各种压力，当然要尽量想办法去解决，把负面的屏蔽掉。每个人都会有不如意，我当然也会有，可能也不比别人少。但我努力让生活中的自己一脸阳光，我感恩生活。身边的朋友说：“你怎么会这么快乐？”我说：“因为我记忆力不好，总能把不好的事忘了。”

读完“郡主”的文字，才明白原来大家的追求其实是一样的。

“生活如此博大丰盛，我们应该像个贪吃的孩童，面对一桌子美味佳肴，有一种深深的陶醉和幸福。”

“每个不快乐的日子，都是对生命的辜负。”

……

字里行间，“郡主”用清丽的语言阐释爱、阐释快乐，用悲悯和关切的情怀告诉我们：到底怎样的一种活法，才能获得真正的快乐？

我想，就如同“郡主”在书里表达的意思一样：争其必然，顺其自然，简简单单，不慌不忙，就这样快乐地活着。

著名演员、《甄嬛传》温实初扮演者　张晓龙

目录

第二辑　却是无声遣流年

第三辑　愿有岁月可回首

第四辑　倾我一生一世念

第一辑

都是美好的画面

01

每个不快乐的日子，都是对生命的辜负

生活如此博大丰盛，我们应该像个贪吃的孩童，
面对一桌子美味佳肴，有一种深深的陶醉和幸福。

刚刚参加完一个姐姐的葬礼。

她只有四十二岁。生前富有、美丽，有两个天使般可爱的女儿。

她死于胰腺癌，死前经历了非常非常多的痛苦，瘦得皮包骨，1.65米的身高只剩下80多斤。

我去病房看她，她憔悴不堪的容颜吓了我一大跳，生命和活力正从她身上一点点褪去。

她无力地看了一眼我带去的娇艳欲滴的玫瑰，她最爱玫瑰，她曾经也像玫瑰一样娇艳欲滴。

她用瘦得像鸡爪一样的手紧紧握住我的手："郡主，你一定要快乐。什么都是假的，只有快乐是真的。"

我的眼泪不争气地掉下来，完全顾不得去擦。

我起身离开时，她用虚弱的微笑给我示意告别，然后她用尽最大力气说了句："只有自己是自己的，别辜负自己。"

她的声音依然弱小，我却听得字字真切。

这是她在世间留给我的最后一句话。回想她曾经绚烂如花的生命，我已泪流满面。

简单讲讲她的故事，以下简称她为玫姐。

玫姐和老公识于寒微，两人辛苦打拼，终于挣下一份可观的家业。当然，其中经历了千辛万苦，玫姐的青春在奋斗和混乱中度过。

然后，她回家做全职太太，为丈夫生育两个女儿，相夫教女，每日开着保时捷送女儿去弹钢琴、学跳舞，我们就是相识于她生命的这个阶段。

我们经常在她家附近那家充满阳光和绿植的咖啡店喝咖啡，那通常是女儿们上幼儿园的时间，玫姐优雅地端着咖啡杯，细细地跟我讲她和

先生的过往，讲女儿们的可爱、体贴，言语间是满满的幸福。

突然有段时间，玫姐失联了，电话总是不接。再后来听说，她丈夫有了外遇，还跟小三生了个儿子。

再后来，玫姐开始跟老公打官司，她每天活在痛苦、纠结、混乱里，饭吃不好，觉睡不香，女儿也没有心思管。两个小公主般的孩子变得邋邋遢遢，让人看着心酸。

再后来，就传出了玫姐生病的消息，老公和小三公开同居，孩子们被送到玫姐的妈妈家。一个家庭四分五裂。

在玫姐的灵堂上，我看到了两个可怜的孩子，她们哭得喘不过气来，玫姐的老公并没有到场。

望着玫姐笑靥如花的遗像。我深深感到：玫姐是个生活的失败者，她在生命的最后时光，也告诉了我一个人生真相。

每一个不快乐的日子，都是对生命的辜负。

我一定要快乐！

如果人是快乐的，大脑就会分泌多巴胺等“益性激素”。

这些益性激素会让人心绪放松，产生快感，这种身心都很舒服的良好状态，可使人体各机能互相协调、平衡，促进健康。

于是，我的人生开始了寻找快乐之旅。

经常和喜欢的朋友们聚会，那些快乐的朋友们，把聚会变成了快乐的海洋，他们天衣无缝的配合令人拍案叫绝。

他们在宴席上分享心得、感悟，奉献关爱和善意，他们开玩笑，说相声似的一唱一和，让这顿饭变得笑料百出，让我们笑得肚子都疼了。他们就是活得如此自由洒脱。

好多人生活的空间是那么逼仄狭小，以至于总不快乐。生活如此博大丰盛，我们应该像个贪吃的孩童，面对一桌子美味佳肴，有一种深深的陶醉和幸福。

人生的终极意义是快乐，如果生命注定平庸，平庸而快乐也是不错的选择；如果生命注定轰轰烈烈，轰轰烈烈但内心充实快乐也是不错的选择。

02
时间会把你带到正确的人身边

无论你如何不如意，只要你足够美好、
足够积极，时间终会把你带到正确的人身边。

一直最欣赏这句话："才子佳人，有诗有酒；举案齐眉，亦妻亦友。"

最近，在《我是歌手》中大红大紫的李健和他妻子孟小蓓的生活趣事在网络上和微信朋友圈里疯传。这对年轻夫妻，情趣盎然的细碎生活，招致了人们艳羡的眼光。

并不是每个人都足够幸运，能找到和自己默契相合的伴侣；也不是每个人都能够清醒，珍惜身边那个对自己好的人。

一直以来，最欣赏的男人，是那种珍爱妻子、珍爱家庭的人。他们无论在社会上是否功成名就，都值得尊敬。

但是，无论你如何不如意，只要你足够美好、足够积极，时间终会把你带到正确的人身边。

我的一位阿姨，今年已经七十多岁了，前几天回家，听到她一则好消息，寡居多年的她终于迎来了迟到的爱情，一个比她小三岁的条件很好的男人爱上了她。

那位阿姨年轻时长得很美，又是中学老师，但却命运跌宕，虽然嫁了个样貌相当的男人，但没几年，那个男人就瘫痪在床，生活完全不能自理了。

阿姨的生活一下子陷入混乱，她既要上班挣钱，照顾生病的老公，给他治病，还要照顾两个年幼的孩子，最困难时她买不起菜吃，天天去菜市场捡别人不要的烂菜叶，那十几年的时光，对一个青春美丽的女人来说，确实相当煎熬。

可最终苦尽甘来。如果生命中没有这一段幸福的夕阳恋，阿姨这一生可以用悲惨来形容。但上天是公平的，时间最终把她带到正确的人身边。

做电视这么多年，听到的最传奇的爱情故事是2012年情人节《道德观察》讲述的一则故事，中法混血女人李丹妮在半个世纪前爱上了她的学生袁迪宝，但袁迪宝在上大学之前已经娶妻。深爱袁迪宝的李丹妮陷入巨大的矛盾和痛苦之中，但善良的她不愿把自己的幸福建立在另一个女人的痛苦之上，为割舍这份情，李丹妮忍痛随父返回法国里

道德
观察
特别节目

昂，而袁迪宝听说李丹妮离去则昏倒在地。

想起《牡丹亭》那句话："情不知所起，一往而深，生者可以死，死可以生。生而不可与死，死而不可复生者，皆非情之至也。"

在从中国到法国的船上，为怕遗失，李丹妮把袁迪宝写给她的信紧紧贴在胸前，她用这种特殊的方式祭奠她最美的初恋。在她看来，这次离开，即是永别，今生再难相见。

回法国后，李丹妮再没恋爱过，也一直未嫁，即使在最美的年华，她依然选择了自己度过，因为在她心里，一直惦念着远在中国的袁迪宝。这个痴情而执拗的女子，为年轻时这份爱情付出所有。

两人开始还一直鸿雁往来，直到"文革"爆发中断了联系。

1994年袁迪宝的妻子去世，他没有再娶，度过寂寥的16年时光后，2010年初，袁迪宝和儿女们聊起年轻时这段难忘的往事，他的儿女们纷纷劝他寻找李丹妮。

他深爱的李丹妮，50多年音讯全无，不知尚在世否？有无婚嫁？袁迪宝怀着惴惴的心情，在2010年3月31日试探性地寄出一封信，没想到20天后，李丹妮居然回信了。

接到信的李丹妮欣喜若狂，她迫不及待地坐飞机从法国里昂飞到中国，隔了50多年的时光，在彼此的眼中，他们还是当年青春的模样，女的美丽知性，男的帅气儒雅，见面的第三天，83岁的丹妮和82岁的袁迪宝迫不及待举行了婚礼，他们似乎要追回失去的时光。

这场跨越了半个世纪的婚姻，让我再一次相信爱情了。

03
被情所伤，但不要为情所困

当你有能力把握自己时，千万不要放弃自己，
被情所伤难以避免，但不要为情所困。

公元1055年，那是大辽国的皇后萧观音一生中最为得意的日子。

这一年，19岁的她在鼓乐齐鸣、百官朝拜中被拜为大辽国的皇后。

富贵，尊荣，铺天盖地而来。

那一年，她年轻、英武的夫君耶律洪基初登帝位，他成了大辽国的皇帝。

而他即位后做的第一件事，就是封萧观音为皇后。

她知道，他是爱她的。因为她不仅美貌绝伦，还写得一手好诗，并且饱览诗书、精通音律，还能自己填词作曲。

而她的丈夫，耶律洪基，也爱好儒术，两人经常吟诗作赋，是一对真正的神仙眷侣。

那仿佛看不到头的相爱时光啊，配上惊天的富贵，萧观音堪称这世上最幸福的女子。

公元1058年，22岁的皇后，为心爱的丈夫生下长子耶律睿。

耶律洪基曾握着她的手，感叹说："上天赐给他一位最贤德美貌的皇后，又赐给他聪明可爱的儿子，他这一生，足矣。"

她先后为他生下四个孩子，后三个是和她一样如花似玉的女儿。

四个聪明伶俐的孩子，她曾以为，她的富贵以及丈夫对她的爱，会绵绵无期。她哪曾想到，是此恨，绵绵无期。

可惜，一切都会变。不变的只有变本身。

看到丈夫嗜好游猎，他总骑着那匹叫"飞电"的骏马，一会儿工夫就跑得无影无踪，而且那崇山峻岭、深山幽谷之中，有数不清的狼虫虎豹，甚至会有叛贼逆党。

你是一国之君啊，出了事情我们怎么办、国家怎么办？

说到底，洪基，你虽贵为天子，却还是个孩子，一个老让人担心的孩子。而且朝政混乱、用人不察，身为皇后，你亲爱的妻子，我能知而不言吗？为了你的江山，为了我们的家，我也只能上疏劝谏。

用我的生笔妙花、用我所有的真诚和爱，让你清醒、让你知道为君的责任、让你近君子、远小人。

可你只喜欢阿谀之词，听不得一点儿真话了。

你渐渐厌弃了我，与我越走越远。你居然不顾我苦苦哀求，将我打入冷宫。

在相同的春闺寂寞中，很多的女人都曾无望地等待过一个人，都曾经为情所困。

萧观音后来被耶律洪基残忍地赐死。

而如今这个新时代的很多女人，可以逆转自己的人生，可以主宰自己的命运。

这就是古今女人命运的不同。历史是相似的，或者人性是相似的，但结局却不同。

梁朝伟曾经唱过一首歌：这一生为情所困，只为当初你的心太真，这一生痴痴恋恋，只为一个无法实现的诺言。

当你有能力把握自己时，千年不要放弃自己，被情所伤难以避免，但不要为情所困。

04
你若不离不弃，我必生死相依

我是感性、良善的女子，
我愿意相信世间一切美好，尽管不断面对各种丑恶。

馒头和橙子写了一本书，编导小强过来，请我为他们的新书写个推荐词。

我在推荐词中写道："馒头和橙子苦，非常的苦，一个在承受病痛给肉体带来的巨大折磨，一个在失望和痛苦中经受身与心的疲惫煎熬。馒头和橙子甜，非常的甜，他们有人世间最牢靠的爱情，相依相伴、患难与共、不言离弃；他们有聪明可爱的小馒头，有浓浓的亲情、爱情和友情。他们，经历了生死，就如同越过了千年。他们的故事，让你懂得珍惜，所以，值得关注。"

《道德观察》有期节目叫《小夫妻大战白血病》，讲得就是馒头和橙子的故事，那期节目是我主持的。

记得当时他们的故事深深打动了我，在节目片尾我评论时，用情颇深。

他们的故事记录了他们与不知名的病菌抗争的两百多个日日夜夜，那充满了焦虑、担忧的两百多日夜。

是啊，我感叹，在无妄的病情面前，馒头是怎样尽到一个男人、一个丈夫的责任，守护着奄奄一息、饱受病痛折磨的妻子，走过那段痛苦、纠结、混杂着绝望和希望的难忘岁月。爱情从花前月下探出身来，变成了生命中实实在在的生死相依。

好多人说，爱情是虚无缥缈的东西，不可信。花前月下的浪漫谁都可以享受，大难临头的不离不弃、生死相依却不是每个人都能做到的。

实际上，相当多的人做不到，否则就不会有“夫妻本是同林鸟，大难临头各自飞”的悲叹了。

若不是那份爱如此深沉，便是馒头人性醇厚，在关键时刻能担起责任。而这，正是我们所需要的，也是我们所提倡的。

见过太多人性灰暗的案例，比如有的女人得了癌症被丈夫抛弃，更有甚者，残忍地席卷一切而去，包括财产和孩子，让生命奄奄一息的人独自面对病痛和死亡，全是绝望。

道德观察
Ethical Review

那一直是我不敢直视的悲哀。因为多年主持法制节目的关系，这样的案例层出不穷，冲击和煎熬着我的灵魂。

我是感性、良善的女子，我愿意相信世间一切美好，尽管不断面对各种丑恶。

你若不离不弃，我必生死相依。

05

爱对了是情义，爱错了是人生

直到不惑之年我才终于明白，那些过去的就是过去了，
再哭再闹也回不来了。

医学专家说左耳是靠近心脏最近的地方，甜言蜜语要说给左耳听。

这是电影《左耳》里的台词。

和猫猫去看了一场电影《左耳》，猫猫是我的闺蜜，实际上她是无数人的闺蜜，她有那种让人信任和亲近的人格魅力。在大家的印象中，猫猫独立坚强，上市公司执行董事，有女汉子一样的彪悍人生。没想到她被这部电影彻底打动了，原来外表坚强、独立的猫猫从来不缺这种细腻、忧伤的少女情怀。

猫猫说，电影给了我们一个回到青春的机会，去想念当初的自己，去想念趴在课桌上想着某个男孩就会笑出声的日子，那时阳光正好……

看电影的时候有几处都让我们鼻子酸酸的，从吧啦去抓小耳朵碗里的香菜开始，就好像突然触发了泪点，就像很多年前的两个朋友突然又出现在了你的面前，没有长大没有改变，还是那样的对话，还是那样一间面馆。她们手拉着手来告诉你你的青春在这里，也许连你都不记得了，但她们记着。

她们成为朋友，她们进入彼此的生活。直至吧啦死去，故事慢慢变成了两个部分，一个北京，一个上海，北京的张漾与蒋皎互相折磨，小耳朵与许弋也开始纠缠。然后许弋出轨消失，蒋皎与张漾两清，两个依旧忘不了吧啦的人慢慢靠近。看到结局的时候第一反应是拖沓，第二反应是叹息："就这样，就这样结束了？"

"陪着你在哪里做什么都好"，就这样结束了。

也许这就是让故事里的每一个人都幸福，蒋皎变成了明星，许弋就这样消失在了人群里，尤他也找到了自己对的人，小耳朵与张漾也可以放下一切的爱一场，突然就被这样的想法感动了。

这不正是我们所期待的结局吗？每个人都不再偏执，都不约而同的选择走向未来，向过去说再见。17岁的时候我们以为爱情就是全世界，要轰轰烈烈，要至死方休，是一辈子也不能忘记的。其实，直到不惑之年我才终于明白，那些过去的就是过去了，再哭再闹也回不来了。

电影里有一句最经典的台词："爱对了是爱情，爱错了是青春。"

猫猫最后说了一句非常经典的话："不仅爱情，世界上任何一种感情都如此——爱对了是情义，爱错了是人生。"

这句话，值得点一万个赞。

06
回忆起来都是美好的画面

爱情到最后，无非是永远或者结束。
不要执着于争辩对错。毕竟，回忆起来都是美好的画面。

在慢摇吧，音乐若有若无，两个女人喝了一杯杯咖啡，都有些醉了。

以下是猫猫说的：

爱情，原是我不再相信的，我宁愿相信那是自欺欺人的游戏，正如在上一次撕心裂肺的爱情中我黯然转身，离开那个我深爱的，以为有共同未来的男人。

全情投入又遭遇背叛，我觉得自己像被人活生生的劈成了两半。昏黄灯光下，我写了那样一首诗给他：

一见钟情，两心相许，三四月光阴，五六年惆怅，即使舍七就了八，也是酒入愁肠。九月里与君见，十月里相爱正欢，百年也难相忘，恨不得喝了孟婆汤。真是千般无奈、万般不舍。若有来世，万不可抛了我，咱们做千年夫妻，要十个百年恩爱，九个儿，八个女，七彩人生，五颜六色，四季相伴，唯独少了痛。三生石上立了誓，两情相悦，一心一意。

这是首决绝诗，正如卓文君当年写给司马相如的《诀别书》，又一次在爱里伤得遍体鳞伤。明明已经无可挽回、又心有不甘，我怎会是那样一个痴傻的女人！我流着泪、和着血，狠狠发誓这辈子永远不再相信爱情。

但生命起点一个我原本不曾留意的人，他为我做的点点滴滴，却又让我意识到，爱情可能也是存在的吧，只不过造化弄人，想要的和得到的以及失去的，不随我们自己的心意。

时隔二十年后的岁月沉淀，原本以为已经忘记，谁知却渐渐清晰。至今，我还能呼吸到那个年代的气味，九十年代的气味，混合着小虎队、陈汝佳的《我祈祷》和千百惠的《走过咖啡屋》，那个喧嚣又懵懂的年代，和现在相比，它又是那么单纯而明净。

每个人的经历不一样，所以有些人会觉得像是在天马行空。爱情到最后，无非是永远或者结束。不要执着于争辩对错。毕竟，回忆起来都是美好的画面。想想自己在这份感情里是什么样子的，也就没什么好埋怨的了。

每一天旧的我都在消亡、新的我都在诞生，生存、发展，日常的生活，甚至理财，我越来越投入到现实的生活中去，我要活出现实中的好来，丢掉一切不切实际的幻想，那些关于爱，关于希望，甚至生死的话题，我越来越不愿想起了，他们和现实生活是两个截然不同的空间，更多的它们像奢侈品，没法代替吃喝拉撒、房子和职位升迁。

他们潜藏在我的潜意识里，在某个时刻突然蹦出来，让我窥见我以前的影子。世事逼迫下，渐渐我变得没有大喜、也没有大悲，经历了这么多，回头看看，你最忽视的，最漫不经心的，却恰恰是这世上最珍贵的，当然，你再也找不回来了。

比如，初恋。

之后是两个女人深深的叹息。

07
如果不想他会怎么样

相爱就是这样，
不要对别人要求太多，打点好自己就行。

前不久一个新婚的闺蜜约我喝茶，她嫁了个极好的成功男人，两人郎才女貌，非常之般配。她也成了好多姐妹们羡慕的对象。

她衣着光鲜亮丽，开着名贵跑车，不过神情却有些落寞。以下是她对我说的：

在他的世界里，你永远都是第二位的，甚至是第三位的。你时时刻刻想着他，他却大部分时间都想不起你来。

他需要你时，都是他一天中边角毛料的时间，不是累得一句话都说不出来，就是饿了、困了，这个时候，你的形象才会浮现在他脑海里。

而你最精彩的时刻——妆容精致、神采奕奕的时刻，他统统见不到，你修饰出来的美都奉献给了和自己毫无关系或者没多大关系的人。他回来时，见到的永远是身着睡袍、素面朝天的你，甚至还会呵欠连天。

还有什么比这更糟糕的？因为你爱上了一个工作狂人。

他可以让你倍儿有面子，他几乎可以满足你所有物质上的欲求。

然而却无法和你分享生命中细小的感动和精彩。

任何事都有利有弊。你想女为悦己者容，可他却没有给你表现的机会。你思念他，给他写诗传情，他却正在开会，根本无暇去看。

我静静听完，以下是我说的：

既然如此——不想他又会怎样？男人和女人是不一样的，情感是女人的全部世界，对于男人，只是他生活中的一小部分。

你不妨也忙得不可开交，你也在边角余料的时间才会想起他，你把自己的时间安排得满满的，健康、积极、快乐、丰富，你不会再抱怨他没有时间来陪你，这样，他敲开门时，你会给他绽放一个最快乐的笑脸——即使不施粉黛，也灿烂无比、光彩照人。

把生活中的快乐维系在别人身上是最不靠谱的事，也是对别人不公平的。难道要他放下手头的工作陪着你？这是一个有事业心的男人最不能容忍的。快不快乐、充不充实是你自己要解决的问题。

相爱就是这样，不要对别人要求太多，打点好自己就行。

她脸上渐渐浮现出笑意，这时，手机响了，只见她一脸甜蜜喊着老公，我不是故意听到，但对方的声音真的很大：“老婆，晚上我推掉了客户，咱们俩吃顿饭吧，知道你不高兴了。哎呀，你们女人啊，找个整天陪着你的男人嫌他没出息，找个有出息的又嫌没法陪着你，可真难伺候啊。”

她的笑意更浓了，收起电话后匆匆对我道了声拜拜，一溜烟地跑了。没良心的，留下我一个人孤单单地在咖啡馆故作享受生活状。

要知道，我可是开了将近一个小时的车才赶过来的啊。

08
爱是恒久忍耐

我们的婚姻曾经千疮百孔，
如今它还健在。

当我听到这句话时，居然眼泪要下来了。

爱，剥去它华丽的外衣后，才发现平常日子的相守，不过是一场一眼望不到边的忍耐。是的，这世上没有一个人是完美的，我们也早过了终日缠绵、卿卿我我的年龄和阶段，尤其在现实的婚姻中，柴米油盐、琐碎单调、烦恼争执，一样不少。

若没有忍耐，一切将灰飞烟灭。爱，终究不是挂在墙上的一幅油画，能时时保持瑰丽的颜色，再美的花，也不能当日子过。

爱，也不过是一张CD唱片，斑驳了岁月，忍耐着磨损，勉强保持不走音。时刻保持新鲜、甜蜜，王子和公主从此过上了幸福的生活，只存在安徒生的童话里。

爱就是恒久忍耐。

耐心是一种难能可贵的品质，它能让我们等到我们想要的东西；它能让我们理解，有时候我们不能只看眼前，而是要发现真正的满足感。然而，仅仅有这些还是不够的，耐心也是一种能力，它能让我们毫无怨言地等待我们所渴望的东西——以及那些我们打从心底明白自己应该得到的回报。

耐心给予我们力量，当我们在等待不可知的未来之时，是它让我们直面前方的道路。耐心是一种忍耐力、持久力和容忍力——这些都是应该培养的良好品质。而耐心，我觉得在赵四小姐赵一荻身上得到了最好的诠释。

1926年，年方14岁的赵四小姐在天津第一次邂逅了26岁的张学良。

1929年秋天，17岁的赵四小姐与张学良私奔、同居，彼时张学良已有家室，赵四小姐只得以秘书身份陪伴张学良左右，没有任何名分。

1933年，张学良被迫下野，心情极度郁闷、低落的他染上了毒瘾，21岁的赵四小姐非常痛苦，用手枪指着张学良强制其戒毒。

1936年，张学良发动震惊中外的西安事变，以兵谏方式逼迫蒋介石全面抗日，至此开始了漫长的阶下囚、幽禁生涯。

1940年，28岁的赵四小姐抛下年幼的独子，忍受母子分离的痛苦，前去陪伴幽禁中的张学良，从那一年到1990年，整整50年的光阴，赵四小姐陪伴张学良度过了暗无天日、清苦寂寞的幽禁岁月。

幽禁期间，出身富贵的赵四小姐洗尽铅华、素面朝天，时常蓝衣、布鞋，笑语解人，终日陪伴张学良，用她柔弱的双肩，分担他心中的苦闷，给他带来快乐。

在与世隔绝的寂寞中，张学良和赵四小姐的凄苦是可想而知的。她们两人相依为命，张学良把一切希望和快乐都寄托在赵四小姐身上，赵四小姐则尽自己全部的力量给张学良以安慰和照料。（见李琴着《民国奇女子》第190页）

1964年，52岁的赵四小姐终于等来了张学良和她正式结婚这一天，陪伴、照顾张学良已经整整35年的赵四小姐才有了张夫人的名分。

2000年，88岁的赵四小姐永远离开了人世，结束了为爱忍耐、付出、奉献的一生。

赵四小姐晚年在《新生命》一书中写道：“为什么才肯舍己？只有为了爱，才肯舍己。诗人为了爱自己的祖国和为他们所爱的人，才肯舍去她们的生命。”

她说的其实就是她自己。张学良在他百岁寿诞前夕接受媒体访问时曾说：他这一生，欠赵四小姐的太多。

看完赵四小姐和张学良的爱情与人生，我长久无语。我被赵四小姐打动了。任何一段婚姻都不可能永远充满纯粹的悠闲自得和快乐。它真的只是一种“不好则坏”的人生安排。

在人的漫长一生中，为爱忍耐、付出和奉献，而不是需索，更要做到甘心付出、无怨无悔，几个女人能做到？

人这一生，崎岖坎坷，经常充满磨难和不如意，若你真的爱一个人，他也值得你爱，就要一意孤行的付出，不要瞻前顾后、动辄放弃，无论多苦多难，都与他风雨同舟、不离不弃。

婚姻是对漫长未来的一种尝试，始终会有各种各样的挑战和考验接踵而至。一位女朋友刚刚生了孩子，在探望了她可爱的宝宝及见识了她殷勤的帅老公后，不由心生羡慕。她却幽幽地说，我们结婚十几年，什么狗血剧情都上演过，他出轨，闹离婚，我自杀，两人几乎闹到法院，最后我们决定，生个孩子，停止斗争。我们的婚姻曾经千疮百孔，如今它还健在。

“你知道吗？亲爱的，爱，是恒久忍耐。”她微笑着告诉我。

09

找一个好人，自己做一个好人

看似安逸平静的生活，
其实是身边的人一直在为你付出，默默地迁就和忍让。

四哥、四嫂是圈里闻名的模范夫妻，在谈到四哥时，总是流传着一个传说，就是四哥每天都会给四嫂写封信，天天如此，坚持十年，遂成传说。

四哥、四嫂都是媒体人，四嫂是毕业于人大中文系的才女，文笔了得，对世事有一定见解，一天，我们聊起婚姻，有如下感悟。

四嫂说，她身边又有闺蜜遭遇婚姻问题，深感安慰无能。因为道理谁都懂，可几个人能真正地做到呢？谁都有过这样的经历：明知到这句话说出来，对方必定不高兴，可就是要说——我就是不想让他好受，我就是不想给他好脸，我就是要让他知道知道厉害。本质上说，这样的姑娘多半都是值得爱的，即便如此，即便再真挚热烈的爱，在漫长的岁月中也难免被芥屑琐事消磨得面目全非。

但四哥、四嫂幸运地少有这样的问题。回想起来，是他们二人都存在一分“不忍”，不忍去伤害对方，不忍去闹脾气，不忍一意孤行，不忍让对方放心不下。但凡是伤了对方，痛的还是他们两人。

看到这样一句话：“如果女生在爱你的情况下还能很理性，那么她真的特别爱你和信任你。要知道看似安逸平静的生活，其实是身边的人一直在为你付出，默默地迁就和忍让。”深以为然，四哥和四嫂就是如此。

还聊到一个这样的故事。

一位婚姻问题专家受邀到一所家政学校去讲课，他走进教室，掀开一张挂图，上面有这样一行字：“成功的婚姻取决于两点：找一个好人，自己做一个好人。”

“其实成功婚姻的秘诀全部在此，至于其他的秘诀，我认为如果不是江湖偏方，也至多是些老生常谈。”专家说。

不一会儿，一位刚结婚不久的女子站起来问：“如果这两条有些没有做到呢？”

专家翻开挂图的第二张，说：“那就变成四条了——在容忍中帮助，帮助不好仍然得容忍；使容忍变成一种习惯；在习惯中养成傻瓜的品性；遇事糊涂一点，把傻瓜永远做下去。”

专家刚把这四条念完，台下就喧哗起来，有的说不行，有的说这根本做不到。

“如果做不到这四条，那你就得做到以下16条。”专家翻开第三张图，继续念下去。以下是专家所念的内容：

1.不同时发脾气；
2.除非有紧急事件，否则不要大声吼叫；
3.争执时，设法让对方赢；
4.当天的争执当天化解；
5.争吵后回娘家或外出不要超过8小时；
6.批评时的话要出于爱；
7.随时准备认错道歉；
8.谣言传来时，把它当成笑话；
9.每月给他或她一晚自由的时间；
10.不要带着气上床；
11.他或她回家时，你一定要在家；
12.对方不希望你打扰时，坚持不要去打扰；
13.电话铃响的时候，让对方去接；
14.口袋里有多少钱要随时报账；
15.坚决消灭没有钱的日子；
16.给你父母的钱一定要比给对方父母的钱少。

专家念完，有些人笑了，有些人则叹起气来，更有甚者开始整理书包。

停了一会儿，专家说："如果大家对这16条还是感到失望的话，那你只有做好下面的256条了。总之，两人相处的理论是一个级数理论，它总是在前面那个数字的基础上进行二次乘方。"

"找一个好人，自己做一个好人。"——这真的是幸福婚姻的秘诀，而我以为需要说明一点，这里的"好人"最重要的标准应该就是在婚姻中能够宽容体谅，有同理心，善于站在对方位置上思考。一个人平时温文尔雅、乐于助人，却完全可能在婚姻中蛮横无理、一味我执。

有一句话是："即使是最幸福的婚姻，一生中也会有两百次离婚的念头和五十次掐死对方的想法。"这是真的，但之所以仅仅停留在想法、念头之中，是因为我们舍不得那样去做。

现实生活中，每一个幸福的婚姻，都是像四哥、四嫂那样，不舍得伤害对方，所以互相忍让、相濡以沫。

10 诗和远方

诗和远方，就是我的日常生活。
它将我从那些庸常不变的人生中抽离出来，开心地过好每一天。

文学中年在感怀庸常人生之余，总会发出一声慨叹：还有诗和远方。

我们努力把平常的日子过得有诗意，却解决不了远方的问题，因为总有割舍不下的工作、割舍不下的家庭、割舍不下的儿女。

当然，不能否认有些人过得很潇洒，总有说走就走的旅行，一个人洒脱，万事皆可不成牵绊。工作可以不需亲历亲为便可躺着挣钱，儿女不需精心照拂便已悄然长大，但是我相信一分付出一分收获的朴素真理，许多疏离了的感情，是挥霍了的岁月无法弥补的，在洒脱的背后，必有别人看不到的黯然神伤。

最近研究易经，知道事物总是两面共存的，好中有坏、坏中有好。就是你人生所做的任何选择，都没有绝对的好坏，总是喜忧参半的，所以我尽管向往这种远方，却并不羡慕，更谈不上嫉妒。我知道有一天，时间恰切的时候，我一定会拥有这种诗与远方的生活。

远方，目前还是我共享朋友圈的精美图片，而没有鞍马舟车劳顿之苦。

远方，是我背负母亲和妻子职责，对异乡的美丽想象。抽去了现实中38元大虾的困扰，只剩下了纯然的美丽。

远方，是我于各种分享、图片、视频中细细体味的，我比那些亲历者更懂得珍惜，也更有了悟。

诗和远方，就是我的日常生活。它将我从那些庸常不变的人生中抽离出来，开心地过好每一天。

我可以平常，但不允许自己庸俗。

我可以没有时空上的自由，但绝不允许自己失去心灵上的自由。

我可以淡泊名利的追求，但无法降低精神品格的追索。

如果人只有一生，不要太亏待自己；如果人还有来世，完善你的选择。

11
这辈子不是为别人而活

即使一个人过，
也要把日子过得丰富而精彩。

美甲师珊珊给我讲了个故事，她有个女朋友，1989年出生的，我们姑且叫她晓沙吧，全职太太，老公月入四五千，标准的低收入，还居然在外面找了个小三，又生了孩子，还勒令自己老婆前去伺候月子，不去就对晓沙拳打脚踢。

听完后惊愕地问："为什么不离婚？这样的老公还要他干嘛？"

婚姻中全是痛苦和折磨，全是负能量，这样的婚姻已经完全失去了意义，这是个可怕的监牢，像晓沙这样的人没有意识到自己被囚禁其中，如果始终出不来，她这一生就毁了。

后来和几个朋友也探讨过，为什么晓沙能忍受没爱、没钱、没尊严，也要死守这桩在别人看来毫无意义、毫无价值的婚姻？即使她因为没

有经济独立能力不敢离婚，实际上她老公也给不了她什么钱，即便像珊珊这样做个美甲师，辛苦点儿，一个月还有一万多的收入，养活自己和孩子足够了。

一个朋友一针见血地说：她精神上缺乏独立性。我觉得她说得非常对。

一个女人，一旦嫁给某个男人，并为他生了孩子，一般都会从精神上特别依赖他，有的甚至把这个男人看作她生命的全部，即使男人做了很多伤害她的事，她还一直期盼男人能回心转意，重回过去的情谊。但男人不理解、不知情，反而认为这样的女人好欺负而变本加厉、肆无忌惮。

最可悲的是女人，在这样的处境里走不出来，有的悒郁交加得了癌症，有的一时想不开轻了生，还有的，纵使等到男人回头，也辜负了青春年华、岁月美好。

女人应该有精神上和经济上的独立，男人对你好，你可以视他为宝，男人对你不好，你应该毫不怜惜地把他丢掉，别让这种坏心情毁了你的心情和健康，健康没了，一切都将无从谈起。即使一个人过，也要把日子过得丰富而精彩。

说到底，我们这辈子不是为别人而活，是为自己、为爱自己的人而活。

这一生过得精彩不精彩，全靠自己把握，学会选择，懂得放下，保持精神和经济的独立，才能有个精彩人生。人生有无数可能性，只要坚持原则、始终努力！

第二辑

却是无声遣流年

01
快乐做自己

每个人都有一把属于自己的快乐钥匙，
但有的人却不小心把钥匙弄丢了。

有位朋友，刚刚41岁，突然查出罹患淋巴癌，本来在别人眼里，他有个成功的人生，本身是金融高管，妻子漂亮贤淑，女儿乖巧可爱。瞬间，他的人生被突如其来的打击搞得七零八落，在悲痛之余，他百思不得其解，为什么这样的不幸会降临到他身上。

他回忆说，无论他取得了什么样的成功，他始终觉得不快乐，即使经过很多磨难、好不容易取得的成绩，也会很快被新的目标、新的追求、新的焦虑所取代。快乐总是很短暂，痛苦和焦虑主宰了他的生活。

在忙碌和焦躁中，他甚至没有停下脚步想一想，自己的心究竟该如何安放？自己的命运是否掌握在自己手里？

事实上，每个人都有一把属于自己的快乐钥匙，但有的人却不小心把钥匙弄丢了。要回那把快乐钥匙，就千万别再说“是谁害我不快乐”、“谁把我气得半死”之类的话，你应该说“是我选择不快乐”、“是我选择让自己气得半死”。记住，一切都是自己的选择。

那位朋友感慨地说：“我期待我的父母、妻子、孩子还有朋友带给我快乐。回忆过去，我看到自己大部分的日子都不快活。当我终于了解幸福取决于我自己时，我才快乐起来。”

当他拿回那把快乐钥匙，身体居然渐渐康复起来，最近一次体检，癌细胞居然奇迹般地消失了，这是多么好的领悟和转变啊！我们为了寻找幸福和快乐，常常跋山涉水，不远千里，历经重重磨难，有时陷入痛苦和绝望之中，只不过到最后才发现，掌握幸福快乐的秘诀居然就在自己手里！

当你真的认识到自己握有快乐钥匙之后，实在没有理由继续留在痛苦中，不是吗？绝不要把幸福、快乐寄托在别人身上，依赖别人让你的人生好过些。记住，你是唯一让自己生命过好的人。

许多人相信自己的快乐来自别人，这种人常会用讨好的方式控制别人，以避免被别人拒绝，结果反而失去内在的力量。一旦失去内在的力量，就会变得处处被动，生活在患得患失的痛苦和纠结中，就像乞丐向人乞讨一样，可怜巴巴，没有尊严和快乐。

其实，要拿回快乐钥匙不难，就是决定要当个快乐的人。不管别人如何对待你，你都一样毫不犹豫地选择“快乐做自己”！

02
无法重来的一生

在快乐的心境中做自己喜欢做的事情，
安全地实现自身价值，是人生最大的幸福。

人的一生，是生不带来死不带去的一生。我们在亲人的欢笑声中诞生，又在亲人的悲伤中离去。我们无法控制自己的生与死，多数人到了年迈的时候才能体会到健康长寿比荣华富贵更重要。

人就一生，我们都希望自己有个幸福的家，每天都是个快乐的人。但在生活中，不是一切都尽如人意，可是有什么好看不开的？烦恼忧愁，恩恩怨怨几十年后都会随生命而烟消云散。

人的一生，只要我们不丧失对生活的信心，对理想的追求，做你想做的，爱你想爱的。如果该奋斗的去奋斗了，该拼搏的去拼搏了，就能平常心看待得失：梦想是一时无法实现的，目标是短期难以达到的。

人的一生，不要去过分地苛求，不要有太多的奢望。既然上帝不偏爱于我，不让我鹤立鸡群，不让我出类拔萃，又何必硬要去强求呢？金钱、权力、名誉都不是最重要的，最重要的是善待自己，就算拥有了全世界，随着死去也会烟消云散。

人的一生，没有事情是不可以放手的，我曾经以为，是不会放手一个人的。其实，没有什么东西是不能放手的。时日渐远，当你回望，你会发现，你曾经以为不可以放手的东西，只是生命瞬间的一块跳板。所有的哀伤、痛楚，所有不能放弃的事情，不过是生命里一个过渡。失恋、失意，甚至失婚，以至我们在爱情里所受的苦，都不过是一块跳板，反而令你成长。

人的一生，开心也是一天，不开心也是一天，干吗硬要逼着自己不开心呢？是啊，人就这么一辈子，做错事不可以重来的一辈子；碎了的心难再愈合的一辈子；过了今天就不会再有另一个今天的一辈子；一分一秒都不会再回头的一辈子，我们为什么不好好珍惜眼前，为什么还要拼命地自怨自艾，痛苦追悔呢？

人的一生，我们可以淡然面对，也可以积极的把握，当你看不开、当你春风得意、当你愤愤不平、当你深陷痛苦中请想想它，不管怎么样，你总是幸运的拥有了这一辈子。

人的一生，没有来世。所以让我们从微笑开始！人活一辈子，开心最重要。拥有健康的体魄，在快乐的心境中做自己喜欢做的事情，安全地实现自身价值，是人生最大的幸福。

03
多少苦换来一个甜

自由地活出自己想要的样子，
他的人生，已进入了一个开阔自如的境界。

王阳明12岁就立志成为圣贤，曾格物致知三天三夜不得道，但在三十多岁，被贬官发配到贵州龙场后，在面临无法想象的艰难困苦以及生存的巨大挑战时，终于悟道成功，创立了名扬万代的心学。

浙江大学公开课讲授王阳明心学，讲到阳明贵州龙场悟道时，一名学生举手提问："老师，我们现在身处顺境，没有人逼我们，怎样才能有大的境界的提升和人生价值的实现？"

老师回答："在王阳明那样艰苦的环境下，他能有那么重大发现，在我们如此良好的环境下，我们更应该有更好的作为，我们要心怀世界……"

我却不认同，一个人，必将置之死地而后生，只有绝境，才能激发他最大的创造力，成就他。绝境，才能让人升华。

但是，我们现在的生活环境，大概不太会把我们逼到绝境上去，但绝境，在今天，更多地表现在精神状态上，比如创业的失败、身患绝症、失恋、离婚、失子等，这些，是我们身边触目可见的绝境。

绝境，让坚强的人升华，但让脆弱的人崩溃毁灭。否则，每天不会有那么多跳楼自杀的人。

我一个非常好的朋友，美丽、知性，爱情至上。前天她突然哭着找到我，说她和深爱的男友分手了。她受不了打击，一度想轻生。

她问我：“为什么上天如此折磨我？要给我多少苦才能换来一个甜？”

她是爱情至上者，对她来说：失去爱情，就是陷入人生的绝境。

她说：“我不断地修炼，三省吾身，为爱情献出我所有的热情和精力，可这样有什么用？我还是受到感情的伤害，再美好，也没有真正爱你的人知冷知热，把你当做他生命里的亲人去呵护去爱。”

我不知如何安慰她，每个人的人生处境不一样，对于女人来说，爱情是她的全部，对于男人来说，事业是他们最为关注的，他们永远更渴望波澜壮阔的人生。

曾经跟一位资深金融界专家聊天，他的祖父是山西一位财力雄厚的乡绅，曾就读京师大学堂，开办过银行，是一位相当有传奇色彩的人，他的父亲在阎锡山部队作为共产党的卧底，为革命做出了很大贡献，他本人也经历了跌宕起伏的人生，从人生的顶峰瞬间跌落，这其中的痛苦、折磨，不身处其中是很难体会的，正因为经历过这种真正意义上的绝境，他现在对什么都看得云淡风轻，他能自由地表达，自由地活出自己想要的样子，他的人生，已进入了一个开阔自如的境界。

向绝境致敬！更向那些战胜绝境的人致敬！

04
假如我六十岁

怎么才能对得起我如此绚烂的生命?
怎样才不辜负我生命中的一路修行?

又于凌晨醒来，对人生的检省和思索不容我没心没肺畅睡。醒来就读到映辰姐推荐的一篇文章，诗人杨炼在他六十岁生日这天，总结了他的人生状态为结语之前的慢板。他说，时光一晃，转眼六十年过完了。

这句话打动了我。

假若我到了六十岁呢？那将是怎样的人生状态？回望现在的四十岁，今天的我，处在什么样的人生节点和高度？今天所痛苦的、厌弃的、纠结的、求而不得的等等，用六十岁的眼光回眸，恐怕都是幸福的、让人艳羡的不可再得吧？怎么才能对得起我如此绚烂的生命？怎样才不辜负我生命中的一路修行？

杨炼说：这是老肖（肖思塔科维奇）给我们的遗言：只有慢板——一切都是“结语”之前的慢板。全部人生、信念、失落、坚持，都印证于慢板式的思考中！我们这代人，青春时野心勃勃，成功时目空一切，过早品尝“先锋”之易获，太晚领悟“后锋”之难得。老肖毕生在官方、自我间分裂，却由痛而悟，创造大批杰作。吾辈局限于国界语界，滚滚红尘中，自吹自擂之余，何来自省自责？六十岁，正是激荡之后，结语之前，一段沉淀、沉思的慢板。慢，因为刚刚懂得何为真经验、真价值，于是不能停顿、重复、放弃，相反，该加倍专注有意义之事。对我们，就是创作结实冷静的文字。一步一步，导向伟大深沉的“结语”。

深刻赞同杨炼对人生的反思。我们的生命就是一场修行，看到杨炼六十年足迹遍布世界各地，他其实一直在寻找与这个世界相处的方式。而我，作为一个女人，一个母亲，甚少出国，但这并不妨碍我的心已周游世界，我的灵魂已踏遍千山万水，因为“吾心安处是故乡”，心大，你便无处不在了。实际上，人对世界的探索，在于心的探索和感知。因此，虽在北京家里，虽在熟睡的幼儿身边，我的灵魂却与杨炼、甚至已逝去的肖思塔科维奇对话。

此刻，我就形同杨炼柏林寓所那束用来庆生的鲜花了。不拘任何形式，心是自由、旷达的。

人生，贵在自省和总结。

在今天絮语最后，让我们共同来欣赏肖斯塔科维奇的诗《我的音乐都是墓碑》吧。

哀歌：慢板

而墓碑后边空无一人
而中提琴沙哑
持续
在收回
弦的厌倦
呜咽抿着消失
剩下一岁
早于音乐
晚于音乐
倾诉
不为倾听
小提琴
尽可能慢
尽可能晚点
老年的直白
单弦
单音
一只接一只器官
晾晒
死
和你保持的
单线联系

一岁
堆垒
一生的聋哑
压低卑微的星球
你坐下
玳瑁黑框眼镜
拢着
悲苦
摘不掉的世纪
越回溯越长
慨叹
暴烈地
袅袅
慢
自毁灭的笔尖析出
残存的主题
残存于
线之眺望
手
捂不住
鬼魂扑面而来
尸骸咀嚼
冷之坍塌
作曲死死照耀
声音向自身坍塌
薄薄嘴角内
大提琴轰鸣

你移近一块墓碑
你正成为墓碑
葬礼味儿
慢慢
删除
一代人
每代人
听觉
在墓碑同一边
一首并非真实的哀歌
凝定
同一场废弃
多于音乐
少于音乐
慨叹
是无边的

05
却是无声遣流年

他们在编写生活，他们也在享受生活。
屏幕上有声有色，屏幕下有滋有味。不惧这似水流年。

屏幕上热热闹闹的家庭剧，一直是收视热点，我的朋友，李潇，特擅长这个领域的制造，2014年，她收获颇丰，《大丈夫》风头还未散去，《我爱男闺蜜》紧随其后，又掀收视高峰，随着她知名度暴涨，这个山东妮子在创作上的自由度也越来越高，在圈里越来越有话语权了。

我也很奇怪，从小在山东济南长大的李潇，咋把一口京片子台词写得这么地道呢？为了写这篇文章，我愣是把34集的《我爱男闺蜜》一集不落全看完了，黄磊演的方骏，是一个满口京片子、碎嘴，热爱生活、乐观随和的北京男孩，非常可爱。

为了把台词写好，李潇可是下了死功夫，天天扎在胡同里，听老北京人怎么聊天儿。这是个用心的丫头，永远不服输，永远在挑战自己，之前写家庭剧已经写得顺风顺水，像《大女当嫁》、《大男当婚》、《当婆婆遇上妈》等，已经赢得了好口碑，奠定了她在家庭剧的地位，可她偏要从家庭剧的模式化中跳脱出来，不想再写那些鸡飞狗跳、婆媳大战的东西，单纯地写着一男一女的爱情。

无论是《大丈夫》聚焦“老少恋”、“姐弟恋”，还是《男闺蜜》中聚焦“闺蜜恋”，李潇的作品总是话题性十足，契合时下热点，又能击中现实问题引发观众共鸣，其笔下的人物常常也个性鲜明、狠抓住观众的收视心理。李潇认为，创作当代都市情感剧时，只有把人物立起来了，才能抓住观众、赢得观众。

她想写的，是一些能触动人心的东西。

2013年一个晴朗的冬日，我和李潇约在北京蓝色港湾的左岸咖啡，那个恬淡的冬日，日光微微朦胧，在氤氲着咖啡香的左岸，我们有了一次愉快的聊天。

李潇说，她本身对情节性的东西很感兴趣，她的性格属于沉默的那一种。编剧是要忍受寂寞、忍受很多看上去不太公平的事儿的，她说她性格还算契合。

身高1.78米的李潇其实长得很有明星范儿，我笑言她可以客串角色了。她调侃说，她的脸要比一般的女明星大两号。

说起成功秘诀，李潇首先觉得她很走运，而且协调能力较强，编剧就是要跟整个创作团队协调、要跟导演协调、要跟演员协调、要和制片人对市场的要求协调，有时还要跟观众的反馈、要跟各方面声音协调。尤其对于年轻的编剧来说，在与别人协调的过程中也是在学习，在了解市场，原来这场戏写下来自己觉得好，但在拍摄的时候难度非常大、实践率很低，你就白写了，还不如换一种方式表现出来，实现率高的效果反而好。这种东西积累到一定程度你会发现，原来跟人协调是件很好的事情。

她自诩编剧更像个是做手艺活的木匠，但木匠在创作时，也要有社会责任感，写出的东西、写的人物的价值观要正确。

关于编剧技巧，李潇说，麦基的一本书《故事》对她影响很大，他讲的是好莱坞那套剧本法，非常好懂，言简意赅。这些技巧上的东西一旦掌握了，是一辈子都忘不了的，它会慢慢成为你的一种习惯性思维。

另外，还要多看别人的好作品，一定要看比自己高的，像一些比较好的英剧、美剧、韩剧等，这些剧可以帮助你打开思路，帮助你有更多的角度去切入一个故事。

李潇的老公也是一名编剧，两个人在多部剧中有过亲密合作。说起两人的相识，李潇笑说，他是我发小的堂哥，自然就认识了，过程一点儿也不浪漫。

但这对小夫妻，用自己手中的笔描写社会，屏幕上热热闹闹，家中琴瑟相和，默默写作。

寂寂花开无声处，萧萧细水遣流年。

2012年小夫妻双双皈依了，成为虔诚的佛教徒。他们创作之余便四处行善、念经、严于律己，先律自己再帮别人，日子过得明亮从容。

有一次在朋友圈看到李潇给老公拍的一张照片，头戴搪瓷缸，身系花围裙，拿着一大串烤串，笑容灿烂。

他们在编写生活，他们也在享受生活。

屏幕上有声有色，屏幕下有滋有味。

不惧这似水流年。

06
前摄行为：幸福的能力

积极地把事情往好的方向引导，
那么事情的情况也许就不会如想象中那么糟糕。

第一次听到前摄行为（Proactive Behavior）这个词，心里很受震撼，前摄行为指遭遇困境时，反过来控制局面，而不被局面所牵制。前摄的思想与行为行动（前一活动中的因素对后一活动造成影响的）是具有前瞻性的，采取先行一步的、积极主动的行为，使得局面立刻被控制，不被恶化。

在我们生活中，总有防不胜防、猝不及防的意外，会瞬间把我们从天堂击落地狱，让我们的人生七零八落，让我们痛不欲生。这时如果缺乏类似前摄行为的科学心理准备，将会长期陷入痛苦中，有人甚至为此付出了健康或者生命的代价。

文章举了这么一个例子：有一对美国夫妇，在婚后11年生了一个男孩。夫妻恩爱，男孩自然是二人的宝贝！男孩两岁的某一天早晨，丈夫出门上班之际，看到桌上有一瓶打开盖子的药水，不过因为赶时间，他只大声告诉妻子："记得要把药瓶收好！"然后就匆匆关上门上班去了。

妻子在厨房里忙得团团转，却忘了丈夫的叮咛。男孩拿起药瓶，被药水的颜色所吸引，觉得好奇，于是一口气都给喝光了！药水的成分剂量很高，即使成人也只能服用少量；由于男孩服药过量，虽然及时送到医院，但仍旧回天乏术！

孩子小小的尸体就停放在医院里，悲痛欲绝的妻子等到了匆匆赶来的丈夫，设想一下在中国会发生什么？

记得几年前发生在北京的一则真实案例：九岁男孩在外公家不幸坠楼，然而不等痛不欲生的妈妈醒来，丈夫一家人已经迫不及待冲过来大声指责，最后不仅夫妻俩离了婚，孩子父亲一家还将母亲一家人告上了法庭，在失去孩子的痛苦中又多增加了很多很多痛苦。

而美国这对夫妻是怎么做的呢？丈夫走过来，搂住了妻子的肩膀，只轻轻说了一句话：Dear, I love you!（亲爱的，我爱你！）

这句在平时听来再平常不过的话，在那样的情境和心情里说出来，还是很震撼人心的。

其实面对人生各种各样的困境，我们都有选择的能力。面对一件不幸的事件，你可以大发雷霆、怨天尤人，甚至责备所有的人，但事情却不会因为这些而有丝毫改变，结果只能更糟。

相反的，如果能放下怨恨和惧怕，换一个角度来看事情，转变下思维，勇敢地活下去，并积极地把事情往好的方向引导，那么事情的情况也许就不会如想象中那么糟糕。

时间是个很神奇的东西，它可以改变一切，当时你认为最糟糕的事情，你觉得永远过不去的坎儿，甚至觉得彻底绝望的事情，随着时间流逝，一切都在悄悄改变，你所不敢想的、不敢期待的，最终都会到来或者改变。但前提是，一定要将事情向好的方向努力！

就像那句“I love you dear!”（亲爱的，我爱你！）多么简单的一句话，然而需要有多久的修炼、多大的包容、多深的人生智慧，才能在那种时刻，说出如此令人动容的一句话！

其实，一个人在遭遇不幸的事件时，如果不能选择以最适当的方式去面对，那么我们又怎能去面对未来，以及周边的人、事、物？我们怎能在波涛汹涌的人生中，不被恶浪吞噬？我们怎能在短短几十年的人生中，过得幸福而平静？我们怎能在自己的生命行将消失前，不留太多遗憾？

我们的生命只有一次，所有的时间一分一秒地逝去，都会永远湮灭在永恒的时间里，那为什么不让我们的日子过得幸福而平静？

“恨，能挑起争端；只有爱，能遮掩一切过错。”愿天下所有人能拥有幸福的能力！

07
孤独的人是可耻的

学会爱别人、宽容别人，
你自然会生活的幸福愉悦，自由旷达。

和朋友聊天，他说一个朋友最近抑郁了，天天要吃安眠药才能入睡。

以前他和他接触不多，最近发现，这个得抑郁的朋友每天都在抱怨没有人懂他、理解他，他觉得手下每个人都有问题（其实有些问题他自己也解决不了），出门打车都觉得司机脑子灌水了，路都不认识（其实他自己也不认识），他对别人充满了不信任，经常猜弦外之音，去餐馆吃饭都会认真地把结账单算一遍，这样的人，不抑郁才怪。

由于他自尊心很强，也很敏感，只能逐步引导。而且，其实我们每个人在个别时刻，都存在他那样的问题。

朋友说，记得很久以前，他也一度很焦虑，是印度大师克里希那穆提《爱的觉醒》让他找到了生命中最珍贵的是什么。孤独的人是自己造成的，爱别人的人永不孤独。

《爱的觉醒》中说：只有冥想能彻底转化人类的疯狂。人类深陷于主义及意识形态，因此无法解决彼此的冲突。国家主义、宗教意识形态与冥顽不化的虚荣正在摧毁人类，世界各地都遭到破坏。人类虽曾尝试容忍、怀柔、沟通和保留颜面的策略，但仍受到自己的局限。

世上有没有一个非思想虚构出来的东西？这句话意味着世上有没有一个超越时间的东西？我们已经很习惯于“外在的成长”这个观念。我们一向是透过时间来学习、来理解一些事物，因此我们早已认定改变是需要时间的。这就是一种外在的时间性。从某一点到另外一点是需要时间的。

不过，我们同时也接受了心理上的某种结论或观念：“我不认识自己，因此我需要时间来认识自己。”思想就这么种下了心理上的时间感。但是你真的需要时间来解除贪欲吗？你真的需要好几天的时间才能摆脱掉心中的嫉妒、焦虑、贪婪或羡慕之情吗？思想已经发明了心理上的时间感作为逃避、拖延以及耽溺的手段。思想从怠惰之中发明了心理上的时间感。

冥想即是时间的终止。我们刚才就是在做这件事；我们已经冥想过了。我们已经在透过冥想去弄清楚时间的本质是什么。从此处到彼处，我们确实需要一些时间，但心理上的时间感是不存在的。这是个不得了的真相，一个不得了的事实，因为这么一来，我们立刻超脱了所有的传统。传统说我们需要时间，需要渐修，才能通达上帝。

这项发现也意味着希望的止息。希望暗示着未来，希望就是时间。当一个人感到忧郁、焦虑或是觉得自己不妥时，他一定想学会解脱和进阶的方法。可是一旦认清心理上的未来是不存在的，你自然会去面对真相，而不再保持希望。

若想发现那个超越时间的东西，我们就不能怀着任何烦恼。我们都充满着各种烦恼：个人的烦恼，集体的烦恼，国际间的问题等等。我们为什么会有烦恼？请问一问自己，为什么你会有烦恼：性方面的烦恼，想象出来的烦恼，失业的烦恼，自觉有所不妥，或是在心里自忖："我想上天堂，但是我办不到。"生活之中有可能完全没有烦恼吗？这意味着烦恼一生起，就要立刻消解掉它而完全不拖延。

拖延正是一种时间的活动；它会制造出更多的问题。但烦恼到底是什么？烦恼会生起，意味着有些事你还没彻底了解、解决和结束；你为它担忧，你考虑再三，你无法理解它，于是你日复一日地挣扎着。心就在这个过程中受损了。

你能不能在内心里看到这个真相——不是在头脑中，而是在内心里？你能不能看到那些有烦恼的男男女女？其实是陷入了时间感之中，假如心智解脱了时间感，它就能立刻解脱烦恼，不是吗？心里只要一生起时间的概念，譬如"我需要时间来解决它"，你就脱离了事实，这才是真正的烦恼。如果你深入探索这件事，你的烦恼很快会消除。但

是心必须先拥有观察的自由。

若想探究那个超越时间的东西，你必须有一种跟众生息息相关的感觉，但只有心中出现了爱，才能拥有这份一体感。爱不是享乐。很显然的，爱也不是欲望。爱绝不是去满足你自己的需求。缺少了这份爱的品质——随你怎么修炼：不管是倒立也好，或是穿上花哨的袍子、把余生都花在打坐上——你都不可能修成正果。要想找到那个超越时间的东西，你必须在关系之中学会爱以及深刻的情感交流，而这些都不是思想的产物；只有当心中不再有烦恼时，爱才会出现。

一个处在冲突之中充满着烦恼的心，一个尚未解决关系之中的问题，因而缺乏爱的心，是不可能有所超越的。它只会误以为自己已经超越了原先的局限。它可能会捏造出自己已经超拔的幻觉，而事实上它并没有。如果我们能够认清，而且已经深入到可以放下人类所有的局限时，我们的心、所有的感官和大脑之中，就会生起无比的爱和智慧。

所以，消除烦恼和障碍，学会爱别人、宽容别人，你自然会生活得幸福愉悦、自由旷达，又怎么会抑郁呢？从这个意义上来说，孤独的人是可耻的。

08
上山去

从没有完全的避世，
在俗世中保持一份超然物外的心，便是难得了。

住久了繁俗闹世，就想往山里去。

其实在哪儿并不重要，重要的是有颗安静的心。住在北京西三环的家里，身处喧嚣中，只要有琴棋书画诗酒茶，一切便好。

想往山上去，是向往山上清新的空气，水灵灵的野菜，不知名的美丽小鸟，突兀相见的蛇和野鸡，扑面而来的山野之风，跳跃于枝丫间、眼睛大大的小松鼠，和抬头便望见山脉起伏的怡然情趣。采菊东篱下，悠然见南山，难得激发出陶渊明“心远地自偏”的旷达情怀。

山的风骨脉络，更融汇了大自然的神奇。我的一位好友，便在房山区佛子庄乡真武庙脚下的小山村，买了一栋小小四合院，那里更成了我们聚会、喝茶、聊天的好去处。

春有百花秋有月，夏有凉风冬有雪；若无闲事挂心头，便是人间好时节。山上，晒着阳光发发呆，便很容易生出这种满足来。

最美的还是秋天了。漫山遍野的红叶，星星点点装饰有五颜六色的花，还有山里人家院里不可少的结满金黄柿子的高大柿树，看着就让人欣喜。总之，秋天是最缤纷、繁茂的季节，内容多得让人目不暇接。

和三五好友，一壶红茶，快乐交谈，惊叹世界之大，自己还有许多不懂的，术业有专攻，永远有那么多知识和领域值得去探索。

而每个人生的厚重短长，也让人觉得，人人是一本内容丰富的书，值得去探索，也值得尊敬。

山上的日子，总是那么悠闲惬意。老了，真想遁隐于此了。

上山与修道总是联结在一起，好友就有修道之意。他给我讲全真教和丘处机的故事，也让我听得入迷。

丘处机曾死心塌地扶保金人，并果断回绝了宋宁宗的征召，视汉统的继承者南宋王朝如无物。刘处玄、王处一等掌教也相继向大金效忠，王处一更曾应金世宗的邀请进宫讲授道学。等到蒙古崛起后，自1211年开始伐金，至1219年时胜势已然十分明显。就在此时，成吉思汗召请丘处机前往草原，欲求长生之术。为了预铺后路，丘处机急忙携十八弟子北上，自此便与如日中天的蒙古人搭上了线，还被成吉思汗册封为国师，其主要几个弟子尹志平、李志常、张志敬、宋德方等，后来均受元朝册封，为蒙古人统治中原充当得力助手。

世上看似最与世无争的宗教，其实也与政治有着千丝万缕的联系，因此，从没有完全的避世，在俗世中保持一份超然物外的心，便是难得了。

09
这辈子，不过是故地重游

突然有了不管不顾的任性，随它去吧！
谁怕？大不了一蓑烟雨任平生。

小乐老师是我商学院的老师，也是我生活中的良师益友。他潜心修佛十几年，却在人前从不敢提修行。他之前同我一样是主持人，后来传奇般地成了上市公司的CEO，现在又是商学院的理事长和投资公司董事长，他的勤奋、聪明、慈悲、幽默、善良给每一个接近他的人，都留下了深刻的印象。

小乐老师工作很繁忙，飞来飞去成了他生活常态。一次他来到海南的悦蓉山庄，写下了如下文字：

会议进行到了第四天，
一切变得很焦躁。
于是在大家的一致提议下，
我们换了一个会议场地，

来到了充满禅意的悦榕庄。
喜欢悦榕庄的恬淡和闲情：
风来疏竹，
风过而竹不留声；
不雨花犹落，
无风絮自飞；
庭院深深，
每一处建筑和设计都似乎在脉脉追寻古代诗人的恬淡与美丽：
细雨湿衣看不见，
闲花落地听无声……

看到这段优美的文字，悦榕庄在我心中的形象渐渐清晰起来，三亚这家酒店的唯美，对我有着不可抗拒的诱惑，我似乎看见，小桥流水潺潺而过，清清浅浅地就有了一种超然物外的感觉。

终于借休假之际来到悦蓉庄，和三两好友坐在沙滩上。竹屋、软床、纱幔……浅浅的海风淡淡地吹过，安静，淡泊，悠远而又无法说出的韵致，似天山的雪莲花，白碧无暇，透露着拒人千里之外的高贵；又似路边的小草，朴实亲切，触目皆是，随手可及。

三亚彼时正值雨季，一瞬间还是晴空万里，下一时刻突然就会阴云密布、细雨绵绵。不过这样的天气也有它与众不同的美好。

这让我想到了苏轼的一首词：“莫听穿林打叶声，何妨吟啸且徐行，竹杖芒鞋轻胜马。谁怕？一蓑烟雨任平生。”

一蓑烟雨任平生。

突然有了不管不顾的任性，随它去吧！谁怕？大不了一蓑烟雨任平生。

岁月的花开，开到荼蘼，然后结那颗饱满坚实的果，是沧桑过后的那一丝丝凉意，是人生滋味满满的积淀，是阅历日复一日的丰富，是性格圆润丰满的成熟，是过尽千帆之后的豁然开朗……

过尽千帆皆不是。

风烟俱净，仅仅剩了一个真。只这一个真，就已经诉尽了悠然往事，看淡了滚滚红尘。那往事，成了心底深处的一道痕，渐渐模糊，终究会变成虚无。那红尘，是光阴里的故事，留在心灵深处，终有一天会愈发精彩。

恬淡是一种修行，体悟到极致的境界，至真至美，至情至性，味道十足而又无比简单，高贵无比却又倍加温暖。那是执着、奉献后会拥有的美好心境。是博大无私的宽容心里盛开的那朵叫宁静和从容的花。

像一杯清茶，喝下去苦，品起来香，不浓烈，不张扬，不索然无味，不枯燥简单。那是浓烈之后的柔和，张扬之后的从容，索然无味之后的醇香。

岁月已老，可老得风骨犹存，老得安之若素，如上好的锦缎般，光滑、柔软，却沁凉入骨。岁月已老，可老得那么吸引人，老得那么沉静，如青花瓷上的缠枝莲，浪漫、唯美，却不失素雅。

生命的美好不是无欲无求，我们一定要有人生目标，但怎样的目标才是最好呢？这几年我的感触越来越不同，我常常想无论是企业还是个人都应该有目标，但这目标，不大也不小，刚刚适合当前的自己最好。不远也不近，刚刚可以达到最好。不高也不低，刚刚触手可及最好。然后觉得，生活原来这么容易，成功的滋味是这样的喜悦。是悠然自我，是自由自在，是在红尘世界里的博大之爱，是在听雨轩里小小的满足。

莫向外求的心境是一幅山水画，磅礴大气却又无比自然，浓墨重

彩却又尽显素净。

恬淡的人，对生命的描摹就像描摹一幅画，或浓或淡，浓淡之间便有了人生况味，悠远，寥廓，练达，宽厚。

悦蓉庄，与我是命定的邂逅。上辈子，我便已经来过。

这辈子，不过是故地重游。

10
你只管善良，剩下的交给时间

即使被误解，被人无情的伤害，
她也会选择默默承受。

猫猫不是个张牙舞爪的女人，当然，也绝不是娴静的淑女。

她很活，这种活，包括活跃、鲜活、活得透彻、明白，活得张扬、自如。

她有种天生的亲切感，会让人见一面就爱上她，猫猫喜欢请客吃饭是出了名的，我觉得她是看透了世俗人生，在饭桌上她酒量惊人，她表现出的自嘲、自谑，幽默、风趣会让人爱她发疯，她口才好，玩笑开的也大胆，一餐饭吃的会让你比看演出还高兴。总之，她若想让你高兴，你绝对会心花怒放。

我常常想，她若不是上市公司的执行董事，投身相声、小品界会比贾玲还出色，这绝对是一种天赋，我望其项背，崇拜至极。

后来，得知她是南开大学历史系毕业的，我还很吃惊。后来问她，她故作羞涩地说，曾经也很像历史系毕业的学生，文文静静，一身书卷气。

昨晚又是猫猫请客，盛情款待来自全国各地的朋友们，猫猫就是这样的人，每次我们被她的真心和无私付出感动时，我们就觉得，这辈子有这样的朋友是多么美好。

说到底，生命是很脆弱的，我们所珍爱的东西可能在一瞬间便被夺走，生命是如此短暂，要抓住每分每秒可以利用的时间享受美好的生活和友情，让生命的每一分钟都能绽放出我们的价值和光彩。

猫猫有世俗的精明，也有纵横江湖的豪放。她会呼朋引伴上馆子，灌倒一桌子男人；又会下厨做饭，北方面食、南方汤，样样拿手，吃起来都有滋有味。

猫猫当然有自己的烦恼，有时候烦恼都是藏在内心的东西，不说，别人不会知道，但这辈子活到她这份儿上，有这么多人喜欢她，也已足够。

猫猫说："好多年来，我曾有过一个'良好'的愿望：我对每个人都好，也希望每个人都对我好。只望有誉，不能有毁。最近我恍然大悟，那是根本不可能的。"

恍然大悟的猫猫最近爱上了禅修，她说服我的理由是，我们每天都在和各种人对话，纷繁而忙碌，唯独没有时间静下来关照自己的身体和心灵，一呼一吸非常简单，生命原本只在呼吸之间，人因静而生定，因定而生慧，因慧而"解脱"。禅修修的是放下我执心，远离贪嗔痴，升发欢喜心，最终修出菩提心，慈悲喜舍、利乐众生……

现在的猫猫，经历岁月的沉淀，悟到了生命最纯真的快乐，她如一株静静的木棉，木棉花，是一种超强悍的花，五片拥有强劲曲线的花瓣，包围一束绵密的黄色花蕊，收束于紧实的花托，一朵朵都有饭碗那么大，迎着阳春自树顶端向下蔓延。

如此刚强的花又叫英雄花，据说连它的坠落也分外的豪气，从树上落下的时候，在空中仍保持原状，一路旋转而下，然后"啪"的一声落到地上。树下落英纷陈，花不褪色、不萎靡，很英雄地道别尘世。

在我眼里，猫猫就是那一株英雄花，女中豪杰。

即使被误解，被人无情的伤害，她也会选择默默承受。

她说，你只管善良，剩下的交给时间。

11
把功名心化为纯粹心

*不蝇营狗苟，不见利忘义，不迷失本心，
这样才能看似无为而实则无不为。*

有位朋友，在房山云居寺附近有一处深宅大院，院子方方正正，中式建筑，雕梁画栋，两进院落，中有小桥流水，太极八卦图镶嵌地上。院子大小足有两千平米，院内栽种石榴，此时花开正盛，火红似云，屋后有数不清的桑葚和磨盘柿树，桑葚正当季，采下来即吃，甘甜可口，手指、舌头皆染成黑色，欣欣然又见儿时时光。

周围群山环抱、绿树合围，院子又坐落在地势较高的半山腰，颇有“远上寒山石径斜，白云生处有人家”的仙气儿。

朋友在屋后种菜、养猪、养鸡，一应吃的全是自己供应，非常之环保、有机，连一向吃饭挑剔的儿子都大呼饭菜好吃，争抢着吃了很多猪肉和鸡肉，以及满满两大碗红豆饭。减肥的我也忍不住放开肚皮，大快朵颐。

推窗见山，而山风习习，让人感觉凉爽怡人。饭后，在西府海棠树下喝几杯上好的红茶，花香、茶香，加之空气清新，不觉醉了。人生最美时光，即心安、心静，怡然自得，与红尘万物相处和谐，不争、不恼，浊世纷争与我何干？我只呼吸这花香，欣赏这美景，起舞这清风罢了。

年岁渐长，越来越不喜孔子儒学，越来越爱上老庄哲学，庄子在《逍遥游》中说道："举世而誉之而不加劝，举世而非之而不加沮，定乎内外之分，辩乎荣辱之境，斯已矣。"

我们虽然没有宋荣子这种境界，但可以尝试达到无我之境，因为道行达到最高峰的人就没有"我"，修养达到神化不测境界的人不求功利，圣明的人不求成名。

把功名心化为无欲无求的纯粹心，寄情于山水之间，怡情养性，超然世外，不蝇营狗苟，不见利忘义，不迷失本心，这样才能看似无为而实则无不为。

暮色渐合，山下人家，已升起袅袅炊烟，月亮的影子出来了，喧腾的一天结束了。

12
拿得起，放得下

事情来了，尽心处理，理智应对；
事情过了，是好是坏都不必耿耿于怀。

我一位虔诚佛教的同学讲了一则小故事：

苏东坡很喜欢参禅，也喜欢跟和尚做朋友，他有一位很好和尚朋友叫佛印。有一天，苏东坡盘腿打坐参禅，境界很好，下了座也就写了一首诗：

稽首天中天，毫光遍大千。
八风吹不动，端坐紫金莲。

“天中天” 指的是佛祖释迦牟尼。“稽首” 就是磕头礼拜。毫光遍大千，打坐参禅入定时，顿见一片光明，照遍大千世界，苏东坡体会到这个境界了，所以他说：“毫光遍大千”。“八风”，是指贫、富、贵、贱、苦、乐、毁、誉。“端坐紫金莲”是说苏东坡他自己不为八风所动心，可见苏东坡修禅已达到较高境界。

苏东坡写完，自我感觉良好，于是就叫小童拿这首诗，过江送给佛印看。佛印看罢，拿起笔批了一个字：屁！叫小童带回去。苏东坡一看佛印的批阅“屁”字，顿时大怒。便亲自过江去找佛印理论。

来到金山寺时，只见寺门关着。门上有佛印的两行字：“八风吹不动，一屁过江来。”苏东坡看后惭愧不已，感觉自己修养不够。也很感激佛印，用这种方式给自己警醒和教育。

如果淡定的功夫好，管你“放屁不放屁”，管你境遇好坏、贫富得失、荣辱存亡，都能从容应对，淡定自如。

做人不能让别人来掌控自己快乐的钥匙，也不能让外物的变化来掌控自己的心情。古人说“人生不如意事十之八九”，有得有失、有顺境有逆境都很自然。

南怀瑾先生说过，为人做事应似“风过竹林，雁过长空”，“事来则应，过去不留”，我颇为认同。人生总要遭遇各种各样的事情，面对现实，无需回避。事情来了，尽心处理，理智应对；事情过了，是好是坏都不必耿耿于怀。

随缘、当下也就是此意。“风过竹林”，风不着痕，“雁过长空”，雁不留迹。我们来世上一遭，哭过笑过，爱过恨过，苦过乐过，得到过放弃过，我们真真切切经历过了，便不枉此生。

做人要“拿得起，放得下”。每个人都需要拿起一些东西，放下一些东西，拿起也许仅需要勇敢、激情，但放下有太多的不甘、不舍、无助和无奈。金钱放不下、美色放不下、权力放不下、名利放不下、领导的脸色放不下、别人的看法放不下，有这么多放不下，就有太多的牵挂、顾虑和担忧，人心被困扰，就不得安宁。

近期，股市暴跌，至此，中国股市自2015年6月12日下跌以来，已被抹去约15万亿元人民币的市值——相当于跌掉十个希腊的GDP。数以万亿的股民、基金、机构被深度套牢。一时间，网上、微信圈人心惶惶，跳楼事件也屡见不鲜，这些生命在金钱面前竟然如此脆弱，反省人性的贪婪、盲信，我们更要珍惜生命、珍惜平淡的生活、平和的幸福，仔细想想，万事皆空，唯有快乐不可辜负呢。

唯有快乐不可辜负，这是经历风雨和血泪洗礼后最深刻的感悟。

13

无论发生什么，这都是生活

没有必要为那一时、那一刻伤感，
也没有必要为另一时、另一刻欣喜。

2010年10月，是谢俊奇师兄非常焦头烂额的一段岁月，那一年，他的老父亲生病住院，幸好，手术比较成功。但由于不适应环境，精神几乎崩溃。手术后送进了ICU（重症监护室），由医护人员专业监护，他每天送三次饭到ICU门口，其余时间倒是没事可做了。整整8天了，俊奇师兄身心十分疲惫，坐在空无一人、洁白的病房，常常感到异常的孤单。于是他走出医院大门，看到匆匆过往的车辆和人群：保定，这个千年古城，还是充满了现代的尘嚣，让人窒息。于是想到小时候常去的一个地方，也是保定最有名的地方——古莲花池，也许在那里能缓解一下紧张而忧郁的心情。

在793年前，不知是谁，给它起了一个胭脂气十足的名字：雪香园。无论如何，它的秀气，它的典雅，它的高贵，也配得上这个名字。想到、看到这个名字，一股清新的、冰凉的空气，那是“雪”的香气，迎面扑来，顿感脸上的灰霾，一扫而光。

已然是仲秋，曲折的荷塘，显得凋败。鲜艳的荷花已经凋零，只留下一些发黑了的莲蓬孤独地伫立在池塘中。荷叶退去了鲜绿色，变成了无精打采的深绿，还夹杂着一半在水下一半浮在上面的发黄了的烂叶。繁花似锦的生机已经远去，心头油然升起一些惆怅。

可又一想，在这衰败的下面，是粗大的莲藕。这只是一个季节的结束，而另一个季节的开始。到了明春，新的嫩芽将从这烂泥塘中长起，带着清新的露珠，一片片长大。

等到绿叶长大，一支支含苞待放的青莲会昂头而起，在一片绿色的衬托下，绽放红色的、粉色的、白色的花朵，生机将会重新开始。新绿——成长——开花——结果——衰落——孕育——新绿……这只是季节的更替，自然的过程。没有必要为那一时、那一刻伤感，也没有必要为另一时、另一刻欣喜。

在这衰落的季节，有一种树依然郁郁葱葱，这就是池塘边的柳树。春天它们是第一抹绿色，秋天它们落下最后一片叶子，是绿色时间最长的落叶树。记得小时候，春天用柳树条捻成笛子，编成草帽，那种快乐真是无法形容。

到了冬季，孩子们会拣柳树叶子作为柴火做饭用。清晨背起篓筐，拿着筢子，在河沟的堤岸，干上一早晨，就够一天烧的了。童年，带给人们的是快乐，还有无尽的辛苦。快乐也罢，辛苦也罢，这就是生活。

园中最多的是亭子，有濯锦亭、高芬轩、不知亭、六幢亭等等。亭子是文人雅客吟诗作画的地方。这里留下了唐、宋、元、明、清各代以至民国年间及新中国成立后书法名家书写的碑刻140余通，成为莲池景观的重要组成部分。

人们为什么写诗、作画？我一直没有搞清其实质。最近重读《论语》，孔子说："诗三百，一言以蔽之，思无邪。"我顿悟，写字、吟诗、作画，包括听音乐等一切娱乐，都是如此，让您"思无邪"，也就是修清净心。

古莲池不仅以“林泉幽邃，云雾苍然”闻名，更因与莲池书院同处一址而名声大震。清雍正十一年（公元1733年），在莲池北部建直隶省最高学府莲池书院。书院院长多为学识渊博之士，如章学诚、祁韵士、张裕钊、吴汝伦等，开设西文（英语）、东文（日语）学堂，招收外籍留学生，聘请外籍教师等。使学院“声播四方”，吸引着“四方贤隽担簦负笈受业门下者，趾踵相接”，培养出一批经世致用的人才。

1952年11月22日，毛泽东主席曾莅临莲池故地重游，他说：“莲池之所以有名，关键是莲池书院有名，莲池书院在清末可称为全国书院之冠。”由此想到教育。教育是什么？教书育人。现在书读多了，数理化文史生等等什么都学，结果没有育出人才来，没有育出“思无邪”的人来。这真值得我们反思。

走出古莲花池，又到了熙熙攘攘的闹市，俊奇师兄打了辆车回医院。到了午饭时间了。老父亲还等着他送饭呢。——无论发生什么，这都是生活。

14

灾难想要告诉我们什么

灾难要告诉我们的也正是如此……
更深地爱，更好地活。

四嫂梁隽问我：灾难想要告诉我们什么？……我们啜着手中的红茶，阳光照在通透的玻璃杯上，深红色的液体美的像琥珀。微尘在阳光中起舞，花瓶里的百合散发出怡人的幽香，生活好美好。

可是，就在昨晚，2015年6月1日晚，一艘从南京驶往重庆的客船在长江中游沉没，船上乘客有458人，目前大半生死未卜。快乐的六一儿童节，被蒙上了一层深重的阴影。

是啊，这个世界每天不断有灾难传来，马航杳无音讯的MH370，尼泊

尔8.1级的惨烈地震……而这一次，遇难的绝大多数更是手足同胞。那么多鲜活的生命瞬间消失，甚至来不及跟亲人说一声再见。想象那濒临绝境的感受，我们已是不寒而栗。

生活给予我们这些幸运儿太多幸福和快乐，可对有些人，却如此残酷。

四嫂聊起了她的一位中学同学，青年才俊，事业一帆风顺，家庭也很幸福。但在2013年，全家去湖上游船，不幸出了事故。他们夫妻获救，母亲和女儿却永远留在了水里……

那年四嫂和同学们回去看他，他出人意料地镇静，只是突然间老了很多。大家有意地避开那场灾难，专挑些轻松点的话题。他也谈，也笑，却会在一个句子中间停留下来，默然长久，手一直在抖，一直在抖。

分手的时候，他把她们送上车，专门提醒坐副驾的要系好安全带。“注意安全。”他说，这句被说滥了的平常的话，此刻从他嘴里说出来，却具有震撼人心的力量。

后来，听说他又有了孩子。不久前，在朋友圈看到他的一则留言“今天是我的大女儿的生日，跟我们走散两年多了，不知你跟着奶奶在南方还好吗？妈妈今天还是买了个蛋糕，却什么也没提，这是去年今天的心愿了。”

“只要想你，总有两个场景在脑海闪现。一个是我带你上肯德基，把柠檬茶用冰块兑凉的场景；一个是那天我送你上学，我们两个马大哈，你都进教学楼了，书包还在我肩头，你又转回拿上书包，进校门回头笑着向我招手，这回眸一笑的定格，我永生难忘。”

有的伤口会痊愈，但伤痕会永远留在那儿，提醒你生命的脆弱，提醒你生命的代价。

我们又聊起《泰坦尼克号》里，杰克在水里，握着露丝的手说：“我要你活下去，我要你幸福平安、生儿育女……”

这也就是影片开头时，老年的露丝为什么要在床头放那么多的照片：她在印度骑大象，她在海滩骑马，她登上飞行器，她与恋人谈情说爱，她与孩子一起游戏……是的，正如杰克说的，露丝度过了她精彩的一生，而这，正是对他最好的纪念。

“我要怀抱着爱你的记忆活得长长久久，那么你也就始终以另一种形式存在于这世界。”

四嫂说：“灾难要告诉我们的也正是如此……更深地爱，更好地活。”

我点头，把杯中的红茶一饮而尽。

15
执着是痛苦之源

如果真的明了人生如梦似幻，如露亦如电，
人生便本不该如此用力过猛、死抓不放，去捕捉那些不真实的东西。

秋意渐浓，楼下的玉渊潭公园已是一片秋色，一场秋雨一场寒，许多人已早早换上冬衣，单衣不胜五更寒。

昨晚睡不着，听慈诚罗珠堪布的《为何我们不幸福》，慈诚罗珠堪布是世界最大佛学院——色达喇荣五明佛学院著名上师、当今最重要的佛学大师之一。

翻开《我们为何不幸福》，那些警醒我们麻木人生的道理我们可能闻所未闻，如“乐观者最早死”“物质享受就像是喝盐水，只会越喝越口渴……人死了以后，不是一了百了”“把财富送人，就能带到下一辈子”“失去心爱的人或物，是轮回中必定面临的自然规律”“面对痛苦本身，就是偿还果报”……

本书更有化逆境为顺缘，让你内心可以强大到所向披靡的多种禅修之法以及具体的禅定训练方式。然而，最打动我的，却是那句话：执着是痛苦之源。

是啊，以前执着常被我引为美德，对成功的执着，对情感的执着，对公平、正义和真理的执着，这些执着常常陷我于痛苦之中，而痛苦像一条无明的暗河，让智慧无明的我在里面苦苦挣扎、疲惫不堪。

如果真的明了人生如梦似幻，如露亦如电，人生便本不该如此用力过猛、死抓不放，去捕捉那些不真实的东西。

所以佛家常说：放下。诸事放下了，才不会纠结痛苦。这也是佛家解脱之大智慧。

纵观世间之愚人，有为了失恋自杀的，有为了失财自杀的，有为了仕途失意自杀的，为了这些虚幻之事，了结了自己好不容易得来的人身，显然是愚蠢的。

放下执着，解脱痛苦。

16
珍惜现在的一切，好好地活

没有爬不上的山，没有过不去的坎儿。
不论遇到什么，都要记得，不是你一个人在面对。
你的身边，还有我，还有我们。

这两天单位同事都在议论河北肃宁的悲剧，但大家最为关心的并不是公安在围捕犯罪嫌疑人时的危险，训练的欠缺和装备的简陋，而是中弹身亡的公安局政委薛永清，其妻子“因承受不住巨大悲痛”，于次日凌晨跳楼自杀。好几个人都感叹：已经很久没有见到过这样感人的殉情了，这是多么伟大的爱情！

我心里却不是滋味，可能是我比较冷血，我真的没有太多的感动，震惊之余，我更多的是不解和难受。

我丝毫不怀疑薛政委和妻子之间的感情，但是，死者已矣，活着的人还是得坚强面对，勇敢地活下去。怎么能如此决绝，抛弃父母抛弃孩子，抛弃自己身上的责任，抛弃所有亲人朋友对自己的爱，走上绝路，一了百了？

死，是最简单的一种方式，却又是最自私的一种方式。据媒体报道，儿子看到母亲的遗体时，一米八的小伙子颓然倒地，号啕大哭，用拳头猛敲地面，“你怎么可以这么自私，扔下我一个人，你怎么可以。”是啊，上有老下有小，你怎么可以？薛政委地下有知，恐怕也不愿意看到吧？

我知道，人已经走了，悲剧已然发生，不能苛责。我只是希望，我们所有还在这个世界上的人，要珍惜现在的一切，好好地活。

没有爬不上的山，没有过不去的坎儿，不论遇到什么，都要记得，不是你一个人在面对，你的身边，还有我，还有我们。

17
活着并参与一场狂欢

每一段痛苦都会成为生命的财富，
它使你变得坚强并无坚不摧。
一切都是最好的安排，
只要你一直积极向上，生命终究会开出绚烂之花。

当一个人真正静下来的时候，身心会与记忆交流，那是一种无声的交流，心中会有一种特别清澈明晰的感觉，遥远的童话、春天的梦、尘封的故事……会柔和地交错在一起，人的经历会在岁月中留下痕迹，不管你愿不愿意，你可以不想，似有而无，悄然隐去，但生命还要继续，千百年以来的生与死，如同寂静的时光，时光像水，所有活着的挣扎的生灵都将被它卷走，但人们不会因为如此而不散发着各种既真实又不失迷幻的气息，把不可消除的矛盾变成双重和谐的歌。

所以你可以轻轻地放下，生活中的“也许”是一种玄妙和未知的解数，一种与生活幽会的暗语，人们的生活和游戏规则都有配方，最后的味道却由“也许”调制而成。

生活的魅力不在于我们什么都知道答案，而在于很多事情我们不知道答案，但上帝在给关上这扇门的时候，一定会为你打开另一扇窗。

人的任何一种经历都是世界上最宝贵的一种财富，像沙滩上的石头，一个漫不经心的过路人就能够捡起来，但它又是奇异的东西，只有通过灵魂痛苦的折磨才能从混沌中提炼出来，那是自己切身的体会和感受，是生命的充实和丰满，无论是醉人的还是痛心的。

人世间万物都有灵性，也有灵魂，一滴水、一朵云、一棵草，甚至一缕清风和一声鸟语，生命和自然也有一种约定，每一个生命都有各自的命运，当人们在喧嚣中浮出水面，在无选择中瞬间产生了朦胧的吻合，这种吻合除了冲击还有对抗，除了吸引还有拒斥，也许生命中最吸引人的地方就在于它的相同和它的不同还有自相矛盾，那就让良心来惩罚，人性是非常古怪的东西，没有良心做掩护，人们的古怪行为根本没有出路。

每个人都只能成为你生活的一部分，亲人、爱人、朋友……每个人都是戏中的一个角色，生活给每个人一个登场的机会，就看你如何利用，所谓个性，你得让它适应人性的必然，还要符合时尚的口味，当生命从我们指尖悄悄滑落的时候，一切都会结束，但一切又会重新上演并重复着，天地轮回，就像四季交替。

相信有天眼这一说法吗？其实天眼存在你我之间，它隐藏在人体之上又能显示在人体之中，能与天地万物交流，娇嫩敏感，还可以透视未来，也许是因为人们习惯把自己的意识强加于别人，同样，人们对那些强加于自己的意识总是逆来顺受，所以绝大多数人身上的天眼从他降临人世后就会在一种巨大威力下因为不堪忍受剧烈疼痛而自行闭合。天眼一旦关闭就再也无法打开，除了真实的修行。

人们不能完全生活在现实中，现实并不永恒，也不能完全生活在想象中，完全脱离现实。行走在现实和幻想中，让人们在轻浮的感观之河中游来游去，也许会给自己带来一些快乐和喜悦，进而接触解脱之门。

我庆幸，我活着，并参与世间这一场场狂欢，尽管哭过、累过、彷徨过也绝望过，尽管食品安全问题、雾霾严重困扰着我们，我们依然坚强而乐观地活着。在每一个绝望之后重新燃起希望，在每一个撕心裂肺地痛过后重新若无其事地起身上路。

因为我深信，每一段痛苦都会成为生命的财富，它使你变得坚强并无坚不摧。我深信，一切都是最好的安排，只要你一直积极向上，生命终究会开出绚烂之花。

第三辑

愿有岁月可回首

01

洗手做羹汤，为心爱的人

为心爱的人洗手做羹汤，是我这样的女子，
最自然、熨帖的本能。我乐在其中。

在春和日丽的下午，哪怕细雨微微的阴天，听着叮叮咚咚的古琴，稍有点儿倦怠，合拢书本，算好儿子要回家了，净手，挽起衣袖，下厨，为儿子做一餐饭。

为爱的人，洗手做羹汤，是最朴素的爱的表达。

原料仔细地洗过了，金黄色的胡萝卜切成块，绿绿的小黄瓜切成片，红色的西红柿切成小块，黑木耳发好后也切粗丝，白色的竹笋也是儿子爱吃的，有机大米已经蒸在锅里，二十分钟后米香会弥漫全屋，做这一切时，音乐在触手可及的身边，心特别静，神情特别专注。

儿子爱吃我做的糖醋排骨，曾赞是天下美味，而我，只想给儿子留下妈妈的味道。若他长大了，和别人聊起来没吃过妈妈做的饭，我会觉得很遗憾。

今天晚上我给他做的主菜是黄焖羊肉，羊肉是朋友特地从澳大利亚空运来的，鲜美异常，配上大块的胡萝卜、香菇、藕、山药等辅菜，营养好吃，就是腌和炖的时候要多费点儿工夫。

辅菜是上述红、黄、白、绿、黑摆盘蘸酱，又漂亮，又不流失营养，但黑木耳、竹笋都要焯一下，摆盘时要注意造型，我想了想，把儿子从玉渊潭公园给我带回来的几朵樱花摆在盘子一隅，这样一看，还算是秀色可餐。

接下来是做汤，这是标配晚餐，两菜、一饭、一汤，荤素搭配、姹紫嫣红，览尽人间春色。

再准备汤的配料，竹笋四支，大白菜半个，半肥半瘦有机黑猪肉片，鳊鱼干，酱油，黑椒粒，乌醋，蒜末，胡椒粉，牛头牌沙茶酱，冰

糖，生粉，油葱酥，红辣椒，香油，香菜，高汤，沙茶酱一定要牛头牌的。

这次做的是肉羹汤，这种汤特别好，既营养美味，又可配米饭，也可配面条和米粉，相互融合即可产生肉羹饭、肉羹面、肉羹米粉，等等。

饭菜摆上桌，楼道里响起了儿子欢快的脚步声，接着听见我们家狗小豆豆（又叫小可爱）迎向小主人、欢快吠叫的声音。

我打开门，儿子幸福地扑进我怀里，我吻了吻他，他夸张地叫着：“妈妈，好香！做的什么好吃的？”

“去洗手。”他奔向水池，又迅速扑向桌边，抓起筷子，大口地吃着，一脸陶醉。

每到这个时刻，都是我最幸福的时候。我静静看着他，会有一种养育他的自豪感。

养育他，用我全部的爱和美。

“三日入厨下，洗手做羹汤。未谙姑食性，先遣小姑尝。”这是新嫁娘的娇羞可人。

“自此长裙当垆笑，为君洗手做羹汤。”这是卓文君对司马相如的一往情深、无怨无悔。

为心爱的人洗手做羹汤，是我这样的女子，最自然、熨帖的本能。我乐在其中。

最近，儿子对玫瑰饼产生了兴趣，我动了亲手为他做饼的念头。想来，又到了牡丹盛开的季节，用牡丹做饼应该也挺好吃的吧。

可惜了这国色天香。不过，万物可为食材，在吃货眼里，餐桌永远春意盎然。用心搭配、烹制一桌饭，是世俗人间最美的风景。

02
舌尖上的青春

最嫉妒的是怎么也吃不胖的人，
我今生硬生生要辜负多少美食啊？

中国人对吃的感情是源远流长而绵绵不绝的，人生每个阶段的吃食甚至一度成为了青春过往的回忆。

比如小时候，妈妈烙的韭菜饼，奶奶蒸的小笼包，至今想起来还齿颊生香、馋涎欲滴。初二时因贪吃姥姥腌的脆脆的小黄瓜和煮的黏黏的玉米粥，刚刚13岁的我一度胖到了110多斤，直观的感觉就是脸蛋子快要掉下来了，搞得新学期开学老师都认不出我来了。

青春期爱美的天性和美食发生了激烈的冲突，前者渐渐占了上风，从此开始了和美食艰苦卓绝的斗争。每次受不了诱惑暴饮暴食后，总免不了一番真心的忏悔，下顿饭绝不敢胡来。直到现在，我还与美食做着无休无止的斗争，需要处处自制，才保持还算看得过去的身材，真是甘苦自知啊。

最嫉妒的是怎么也吃不胖的人，我今生硬生生要辜负多少美食啊？呜呼哀哉！

多年前看到一篇巴黎名模写的文章，说她做模特时处处压抑自己，不敢吃，后来终于爆发了，胡吃海塞，快意人生，终于把自己吃成了一位重量级的大胖子，文章配发的照片已经丝毫不见美人芳踪，一位脸似圆盘、三层下巴的女胖子正手捧汉堡，乐滋滋地望着我们。文中说，虽不窈窕，但很快乐，快乐最要紧。

这篇文章对我刺激很大，从此后我不定期犒赏自己，大快朵颐、吃得不亦乐乎。那时想，人生乐趣本不多，何必再扼杀一项？

我上大学那会儿，因为是在一个小城市读的，食堂不像后来我读研时那么丰盛，最好的吃食就是干巴巴的排骨和水煎包，现在想来没有诱人的美味，当时却触发了同学们最原始的肉搏大战。见过现在高峰期时北京地铁一号线的拥挤吗？尤其中国传媒大学站前后若想上车，必得有几个彪形大汉暗暗喊着口号，把你使劲往里塞——买包子时盛况就是如此，那个窗口永远水泄不通，需要几个熟识的同学把你使劲推进去，像我这样不是很身强力壮的只能望洋兴叹了，我亲眼见我们外语系的一位瘦瘦小小的女同学好不容易排到最前面，买了包子却挤不出来，最后她只能抽泣着从各色人腿的空隙中爬出来。

天哪，这个场景到今天还栩栩如生、如在眼前，可见当时对我幼小心灵的摧残。

买排骨时也是盛况空前，堪称壮观。食堂大门一开，举着各色饭盒的青年男女便一哄而上，直奔排骨而去，但见万马奔腾、尘土飞扬，卷起万重山。在这么残酷的生存环境里，要想改善一下伙食，只能去北门的小吃摊了。那儿有同学们酷爱的牛拉（牛肉拉面）、素炒饼、肉炒饼，胡辣汤等。

写到这儿，我忽然意识到，怎么我们年轻时的美食全是主食啊，那时经济条件所限，还真没吃过什么大餐，有位先富起来的同学第一次去吃海鲜大餐时，就露怯了，直接端起洗手盅仰脖就喝，被服务员及时喝止，该同学当时尴尬万分还嘴硬“TMD洗手的东西上了也不说一声！”后来就当笑话到处讲。

到现在，我也算是吃遍了北京各处美食，算了算，还真没有没吃过的了——十年前专攻日餐，隔三差五去日餐报道，最爱的是鳗鱼饭；后来爱湘菜，中间穿插川菜和云南菜，吃得不亦乐乎，再后来有段时间迷上了韩国料理，有家料理店煎小牛排做得真棒，腌得味道十足，主食则是石锅拌饭和朝鲜冷面交相辉映。

又有段时间迷上了泰国菜，那个叫蕉叶的地方变成了每周必去，每次都点咖喱蟹、青柠蒸鱼、粉丝色拉、冬荫宫、马来喳喳，这么多年过去了，不看菜单，依然把菜名背得滚瓜烂熟。后来有一天终于吃够了，又迷上了海底捞和康师傅私房牛肉面，中间还夹杂着对麻辣香锅的热爱。

更有甚者，我还专门去吃墨西哥菜、瑞典菜、印度菜，千层面的奶酪和肉末吃得我眼泪呼之欲出，是真腻、真香啊！那段时间就在国贸、秀水一带乱转，找没吃过的各地美食，吃得酣畅淋漓。

同时，对老北京菜也是来者不拒，麻豆腐、炸灌肠、炒窝头、老北京炸酱面、九门小吃，天哪，回望我的青春史，俨然一幅色香味俱佳的清明上河图，青葱岁月，就这么色香味地走过来了，足以欣慰的是，真的没亏了自己的舌头和肚子。

读书那会儿，依然过得贫寒，我2003年考入中国传媒大学读硕士，那时中传食堂已经享誉北京各大高校了，汇南北美食、甚是丰饶，但我依然保留了对猪蹄数十年如一日的钟爱，隔三差五奔走在定福庄西街，寻找可口的猪蹄。爱吃猪蹄主要因为它们富含骨胶原蛋白，对皮肤好，女人在吃东西时往往有一些功利心的。

其实吃了若干猪蹄，功效怎么样不敢说，口腹之欲倒是满足了，到现在，我依然隔三差五在家自制猪蹄，我做的冰糖猪蹄基本吃者无不叫好，就连我们家阿姨都很佩服。

在外面，我若说自己会做菜，十有八九的人会不信，怪就怪我长了一幅不会做菜的脸，但吃货天生有这种好，凡是爱吃的，必定会做。

至今我难以忘记一幕场景，我的一位女同行，屏幕上极具大家闺秀风范的女主持人，下了节目卸了妆后迫不及待的左手拿猪蹄、右手拿馒头，大口大口地撕咬、吞咽，吃得那个香啊，让刚吃饱了的人都有食欲。这幕场景也鲜活的印在我脑子里，经年不忘。

现在的我，已经不怎么去外面吃了，而是专心在家里烹制各种美食。我家厨房不算小，柜子里装满了各式调料，难得的是，材料总有人备好，我只管烹制，且不管刷碗收拾，俨然大厨待遇。

在家吃的好处是，就餐时还可随口饮点美酒、不用找代驾、也不怕查酒驾，喝多了躲在摇椅上一脸傻笑地看看书、看看视频，信手还能写点儿文字，悠哉快哉。

至于吃什么，完全随心所欲，比如忽然想念妈妈的韭菜饼，就自己烙几张，一家人吃得很香，混搭点冰糖猪蹄、酸辣土豆丝和法国红酒，吃得无比熨帖，这时就觉得生活好幸福。

每次在化妆间里，都忍不住和化妆师聊吃饭的事儿，化妆师总是不无忧虑地望着我那圆润的脸："好家伙！人家别的主持人都不敢吃饭，您可倒好，每次还把自己吃撑了！"不管怎样，在美貌苗条和美食之间，我走的是中间路线，既不能亏了自己，也不能让观众看了闹心，二者兼顾吧，虽然辛苦点，但还是活色生香、有滋有味。

03
吃货杂谈

吃出好身体，吃出好心情，吃出文化，吃出精神，
这才是每个离不开吃的吃货，最该追求与享受的吧。

麦加班长写过一篇《吃货杂谈》，生动有趣，又有说明文的主题鲜明、论证清晰。现摘录如下，与读者共飨：

我不是吃货，因为我有许多忌口，饭量又不大，还不饮酒。但是，与家人、亲朋、老友聚餐，无论选在什么风格的餐厅，往往都推让我点菜，似乎又很有些吃货的资本。

我点菜首先要考虑大家的年龄、性别、籍贯、收入和聚会的主题。也许正是在食品选择太丰富的条件下，我这种没事找事的设限，给大家带来另类的饮食感受。

我不主张吃货就是巨胃。再大的胃也有限，越线就危险。凡是不可超越的，不该成为追求的东西。不理智地海吞，身体一定吃不消，会出问题，又违背了吃饭的核心目的。加之往往眼大肚子小，造成不必要的浪费，更是心痛和丢人。

我欣赏那种吃饭透着一种优雅，不论在装修精致的名楼，还是在路边小馆，不管是吉士林还是在农家乐，都能举止表现出一种从容，从入门落座到吃光尽兴，都应当给人感到亲切自然和幸福充实。

我更欣赏那些聚在一起，边吃边聊，真诚热情又不放纵，不目中无人；彼此推心置腹，以酒代情，又理解关照身边每个人，包括服务员。即使遇到一些不如意，也能智能、幽默、妥善解决，不必事事一争高下。不论与谁在一起，都会表现出来不是一家胜似家人的亲情。

我还欣赏在饭桌上，既能天南海北，又留心分享，既能上下千年，又达观善良，既能古今中外，又心存炎黄。

我永远欣赏懂得吃出健康，化作能力成长，一起互励留下美好印象，吃出满足又纷纷相约，不想分手，却带走挚诚情怀和下次吃饭的盼想。

饭桌上，要尊老爱幼，点菜一定为他们着想，老人牙齿一般不好，肠胃也显薄弱，就要清淡可口，柔软细腻好消化。小孩喜欢色彩艳丽，有故事，但是要既营养又安全。

吃饭要照顾民族习惯，事先征求意见，这已经在中国传承千百年了。

对女士要体贴，她们要卫生又要温馨，要淡然中的热烈，又要大同中的个性。

对每个人的籍贯要了解，要给他惊喜，有机会让他表达对家乡的情怀与大家分享，地域文化特色与深厚，多表现在饮食方面，而且内容丰富感人。人的所有脏器都会随着年龄增长而逐渐退化，只有人的味蕾不会，因此儿时的饮食记忆，往往是难忘与美好的。

无酒不成席，喝酒不开车。好友相聚总是该喝喝酒的。一是酒能助兴，大家聚在一起，全是乘兴而来，小酒慢酌，兴致渐开；二是酒文化自古有之，举杯畅饮，抒发情谊，仗义执言，煮酒论英雄，畅谈匹夫之志；三是酒适量可以保健、开胃、消毒，既怡情悦性又促消化安神。但是酒色财气不可过度，过量则伤肝、伤心、伤神。

我在当外交官时定了三条规矩：一、助兴正式餐宴一定要有酒，杜绝假酒；二、餐宴上宾主要频频举杯，目的是互相尊重，互相致意，互相交流，互表心情；三、各尽所能，量力而行。气氛第一，不强人所难，自由发挥，人人尽兴。大家都十分赞同，一直坚持到现在。

请客埋单者十分重要，他要表达对来宾的诚意，希望吃得好吃得满意，又要经济实惠，让客人实实在在地得到主人的真意又不铺张浪费。宾客也可适时对主人表达恰当的谢意。一旦地方定下了，就要把菜谱研究透彻，满足上述分析前提下，把代表作、特色菜和汤水荤素合理搭配，面子里子统筹协调好，必要时要及时替主人说话，讲解功效，引导胃口津液分泌。

聚餐的主题可以有，那是主人或者发起者预先告知了。也可以没有，因为大家能够抽出时间来，就已经把诚意和尊重带来，还能有比这些更重要的吗？但是不论什么主题，都应该讲究礼仪，老少长幼，师长先生，兄弟姐妹，彼此照顾又要及时介绍新朋友融入大家的和谐气氛中来。让大家讲话，又能总是兴致盎然，分别小会与共同话题循序渐进。

吃是人的嘴向大自然乞求恩赐的行为，因此要感恩上苍祖上，感谢他人的真实劳动。

吃出好身体，吃出好心情，吃出文化，吃出精神，这才是每个离不开吃的吃货，最该追求与享受的吧。

读了麦加班长如此细腻周到的关于吃的文章，我想我们再赴酒宴饭桌时，必将吃得更加舒心畅快了吧！

04
孩子，谢谢你

我依然感谢他，陪我走过那么多最美、最温煦的时光，
感谢他，让我成为母亲。

2010年中秋，携爱儿于窗前赏月，想起去年此时，他尚在襁褓之中，前年此时，他尚不存在，还飘在宇宙之中，不知谁是他的父母。可今年，我的爱儿，他已经在我怀抱中，能和我一起赏月了。

时间，真的很厉害，它能改变一切，改变人的际遇、心情，让你的生活发生翻天覆地的变化。我的儿，你怎么就认准了我是你的妈妈，我是多么幸福和幸运啊，你这样一个聪明、健康、漂亮的小天使，突然之间，就几乎成了我生命的全部!

每天睁开眼，第一件事就是跑向他的房间，亲他，如果他已经醒了，就会亲昵地搂着我的脖子，和我亲热。他那小小的、肉乎乎、圆滚滚的身子，磨蹭着我，让我有一种温暖和安全感，这就是我的儿子，我的爱和希望所在!

无数次设想儿子会长成一个什么样的男人，必是睿智的、坚毅的、自信的、伟岸的男儿，让他的父母亲人为之骄傲的。佛家常说，人有贪嗔痴，我对儿子又何尝不是如此？天天耳鬓厮磨还不够，有一次还半真半假对老公嗔道：盼他长大又怕他长大，他现在小，能天天守在我身边，大了，不需要照顾了，就会离开我，到外面去了，去找女朋友了。天下的母亲又何尝不是如此痴情？

到现在才明白了，为什么母亲会和儿媳妇天生是情敌？从怀儿子开始，到他出生、慢慢长大，每一天，都是浓得化不开的爱，这种爱，日积月累，得有多么的厚重！

自从有了儿子，经常会感慨生命是如此的神奇，有时望着他酷似我的小脸发呆，生命怎么会如此神奇？他继承了我和他父亲的许多特质，他是我们生命的延续。真是亲不够、爱不够的肉蛋蛋，即使有时他淘气闯了祸，呵责两句，他偶尔放声大哭，也会含着泪花奔向我的怀抱。

转眼间，他已经六岁了，长得高大、帅气、聪明、懂事，快要上小学了。

还记得六年前，我挺着肚子一天天在紫竹院公园溜达，等待他的降生，戏文曾唱：紫竹林里生太子，无数次幻想这将是怎样一个孩子。我现在不得不说，他好得超出了我的想象。他聪明、乖巧，懂事，会逗我高兴，他最常说的哄我的话就是：“妈妈，你像玫瑰花一样美、像郁金香一样香。”有他相伴的日子，开心、快乐，也充满了希冀。

儿子小时候就有大爱，一两岁随我在庙里敬香时常常祈求世界和平、人民幸福、未来光明，每当看他认真跪拜、口里念念有间，我总是想，这孩子上辈子说不定是修行很深的人呢，如此的心怀天下。

身为母亲，在怀他及哺育他的前三年，确实历经辛苦。起初的一年，因为喂奶，每晚只能睡两三小时，以至神经衰弱，痛苦不堪。几乎每个女人都或多或少有产后忧郁，可能有的并不自知，我也经历了相当长心情抑郁的日子，经过相当长的调整，才渐渐走了出来。

因为生孩子，我有两年多的时间没出镜，电视台主持人可谓是一个萝卜一个坑，产假期间，我的工作岗位也被别人占了。后来有很多网友在网上问我去哪儿了，还有种种传闻和流言，也只有置之一笑。

一个母亲，在养育孩子过程中付出的心力和时间是无法计数的，你会情不自禁想他现在好不好，吃得好吗？心情好吗？他长大了应该成为什么人？应该怎样培养和塑造他？哪些品性是需要着重培养的等等。

儿子有时候脾气有点儿急，爱发脾气，我就给他讲镜子的道理，你对别人怎样，别人便会对你怎样。他悟性极高，以后便很注意改正这个缺点。

两岁时，我和他一起学了《弟子规》，后来，和他一起读历史、文学、欣赏美的油画和雕塑，一起看好看的动画大片，好多时候，看似我教他，其实是我陪他一起成长。

此刻，我坐在围棋教室的门口写这篇东西，他在里面快乐地上课，他兴趣爱好广泛，喜欢武术、机器人制作、绘画、围棋、足球等，所以，每个周末都是我最忙的时候，需要不停地赶场，一天转战几个地方。但是，只要他快乐，这一切又是多么值得。

我生了他，就有责任付出爱与心力把他养大。心理学家说，人任何的痛苦都会在童年中找到线索，我小心翼翼地呵护他，不让他在童年受到伤害。

我不知我做得够不够好，我一定不是世间最好的母亲，但我尽力了。我也知道有一天他长大了，一定会离开我，那时我依然感谢他，陪我走过那么多最美、最温煦的时光，感谢他，让我成为母亲。

05
另一种爱情

另一种爱情，是女人从青春走向白发，
不被岁月嫌弃，被呵护到老的精彩。

人生中遭受不快和困厄，痛苦辗转，不能释怀，问不到六岁的儿子：怎么办？

儿子淡定地说："不去想那些不开心的事，只想那些让你高兴的事儿。"

小小年纪，居然如此知道移情，还举重若轻，一针见血，我不由醉了。

都说儿子是妈妈前世的情人，这话一点儿不假，儿子自降生以来，和他每天形影不离，生病了，儿子会为你端水送药；累了，儿子为你捶背按摩；烦了，儿子为你开心逗乐。怪不得有人会由衷地说：有儿万事足。

有位有才有情的女友离婚多年，独自抚养大儿子，儿子又帅又聪明，关键特有孝心，每天给妈妈打电话，不厌其烦地嘱咐妈妈要记得吃饭、吃药，雨天要记得带伞。女友总在朋友圈秀儿子对她的关心体贴，惹无数人羡慕，我总觉得这是人世间另一种爱情。

一个女人，内心对情爱总是充满憧憬和渴望的，只是现实中的男人太叫人失望，付出越多、失望就越大，于是，不得不把自己小心翼翼地护着，去爱一个永远不会背叛她的男人。

那就是儿子，也只能是儿子。

而儿子如果懂事，自然明白妈妈的爱和付出，会加倍地爱妈妈。最悲催的母子关系，是儿子完全不懂妈妈的付出，而妈妈，也不懂得在儿子成长的关键节点，给他施予正确的爱的教育。

也看到过很血腥的母子关系，母亲宠溺儿子长大，对儿子每每有求必应。然而儿子长大后却像索命鬼似的，一点要求满足不了就向母亲挥拳相向，有的甚至向母亲举起屠刀。在哀叹母亲不幸的同时，也让人不由得陷入沉思。

是什么让一个如此宠爱儿子的母亲有这种恶报？什么才算真正的爱？爱和教育之间是什么关系？

溺爱是一种毫无节制、毫无原则的爱，这样的爱滥施于一个没有善恶是非观念的孩子身上，很容易让他误解这个世界，误以为错的是对

的，误以为源源不断的索取是理所应当的。所以，母亲应该是孩子的引路人，告诉他这世界怎么做是对的、怎么做是错的。要教他会爱、教他善良，教他学会奉献和付出，教他学会宽容和忍耐，这对母亲来说，实在不是个轻松事。

从两颗小小的种子到一团模糊的血肉，到忍受巨大痛苦让孩子呱呱落地，一把屎一把尿地把这个小小的婴孩拉扯长大，其间经历千辛万苦，无数日夜的陪伴，孩子病了，妈妈比任何人都着急；孩子会说第的一句话，迈出的第一步，会认的第一个字，会唱的第一首歌，会跳的第一支舞，会画的第一幅画，无不倾注了母亲的心血。这样血脉交融、陪伴照顾养育的母子情，怎么可能走向不孝甚至弑母的悲剧？

每当看到白发苍苍、风烛残年的老母亲把自己儿子告上法庭、请求赡养的案例，我的心痛得简直无法呼吸。

我最钦佩的一位朋友是位明星，当他妈妈被检查出癌症后，他推掉了所有演出，每天陪在妈妈身边，陪她做治疗，带他去旅游，逗她开心，查阅所有和此病有关的书籍，几乎尝试所有的办法，半年后，她妈妈体检，癌细胞居然奇迹般消失了，是他的孝心、他对妈妈的爱感动了上天。在我看来，他为妈妈做的一切，盖过了他所塑造的所有光彩的角色。

另一种爱情，是女人从青春走向白发，不被岁月嫌弃，被呵护到老的精彩。

06
农庄的一天

他们有自己的世界，
他们的世界有别样的精彩。

周末带孩子和几家人在京东一农场欢聚，农场四四方方，麻雀虽小，五脏俱全，可吃饭，可烧烤，可喝茶，有篮球场、足球场，卡拉ok厅，电脑厅，大门一关，庭院深深如许，可尽情玩乐。

正是初夏时分，院里植了许多白杨树，看着很朴素，杨絮飘来飘去，阳光明媚的直眉瞪眼的，坐在木头椅子上啜饮着茶，悠闲地有点儿犯困。

几家人都带了孩子，我把家里的狗狗小可爱也带上了，孩子们见了面自然有说不完的话题，又在足球场上奔跑了一圈又一圈，出了一身身汗，快活极了。

最高兴的是小可爱，一直被圈养在高楼大厦的它，终于有了奔跑的空间，可以放风一整天。

都市生活中最缺的就是这种惬意和慵懒，男人带着孩子在足球场上尽情奔跑，女人们喝着茶悠闲地聊天，聊养生，聊养心，聊美食，聊女人的优雅，时间在谈笑中静静溜走。

中午的饭非常精彩，无限量供应的新鲜麻辣烤串、烤馒头、新鲜的西瓜、毛豆、黄瓜、西红柿、生菜、啤酒，吃得肚子圆圆，躺在摇椅上晒太阳，感觉生活太美好了。

孩子们大声地谈笑，他们有自己的世界，他们的世界有别样的精彩。烟火缭绕处，几个大人一人举杯啤酒，大声谈笑，满满的人间烟火味儿。

07
儿童节最根本的意义

神童的出现，不是为了去炫耀他们的人生，
而是为后人树立榜样，激励我们前行。

2015年儿童节，过得格外热闹。小朋友们都很淡定，大人们都很疯狂。一早看到了易玄先生写的一篇文章。易玄是我朋友，年少有才，原名廖彬宇，是著名文化学者、当代中国著名战略咨询管理顾问专家，现任北京大学文化研究与发展中心副主任、北京大学中国文化与战略文化研究所所长、北京大学研究员、中国社会科学院特聘研究员、国家级国际性组织学会——国际易学联合会执行秘书长。

易玄先生19岁起倡导四为之志、四观精神，创建四为堂，27岁创办四观书院，并担任多家城市、企业战略管理顾问。他帮助过上千家企业的发展，指导多个企业上市，同时亦为全国大型公益组织——春晖行动首席文化顾问。

易玄先生可当之无愧“神童”的称号，他22岁即受聘为清华、人大等高校客座教授，讲授中国文化；25岁受聘为南京师范大学研究员、兼职教授；26岁，任北京大学教育文化与品牌战略研究所副所长；27岁任北京大学民营经济研究院社会责任与中华文化研究所执行所长，同年在清华大学出版社出版学术专著《国学旨归》第一辑，分为《老子汇通》、《干支哲学》、《千古易人》三部，共计两百余万字；

以下是他的六一儿童节感言，与君共飨：

儿童节，一个缤纷的时节，一个梦一般的时节，一个朝气蓬勃的时节。

儿童节，不是节日，而是时节。

我国历史文化灿烂悠久，在这个漫长的历史长河中，更产生了许许多多的天才儿童。这些孩童，犹群星之闪烁，光彩照人，动人心魄。

我们探讨这些现象，不得不感恩中华民族有如此伟大的文化。唯有中华文化内蕴丰厚的土壤，才能孕育出如此众多的天才孩童。

数千年的圣贤教育，在中华大地上经久不息地运行，不断地催生着神童的出现，神童们长大后，大部分成为了国家、民族、社稷之脊梁。当然，方仲永和江淹只是这段历史长河中的个例，他们的失败，不是为了说明神童难以成功，只是说明了哪怕是神童，丢掉了教育也只会走向悲哀。

我曾在《国学旨归》总序中写过这样一段文字：

“余少时读《二十四史》，见诸多伟岸之士，年少即有所成。顿觉心神荡漾，无限倾慕。以事功言，如汉代霍去病，年方十九，便征战沙场，保疆卫国，立下赫赫战功；再如孙权，自幼随父从军，十五岁而任县丞，十九岁起担负保卫江东之重任，因其智略超群，胆识过人，此后竟奠定魏蜀吴三国鼎立之局面。赤壁之战，与刘备联手，大破曹军，使曹操竟有生子当如孙仲谋此一千古之叹！

“唐太宗李世民，十六岁使出疑兵计解救隋炀帝于危难，尔后又心怀天下，坚定李渊灭隋之信心，因功勋卓著，十九岁官拜尚书令、右武侯大将军，封秦王。又以出世言，悉达多太子十九岁薄帝王之业而不为，出家苦修，三十余而证无上正等正觉，皆早开悟，大成器之典范也！又以文才言，孔子十有五而志于学，甚者更如王肃、王弼之类，则更是少而有志，学富五车，其学问见解，皆对后世影响，亦颇深远广大者也！

“近世梁启超先生，一篇《少年中国说》，尤其豪气干云，使人精神大振。

“而每以史自鉴，则自惭形秽，敢不奋进乎？如是，则亦有孜孜不倦、自强不息之志气耳。

“有人曾问余，谓少而习易、老诸家，会否过于老气横秋而失青年人之朝气。余意不然。易、老诸家，旨在使人开悟启智，升华境界，使人知人知天，自觉自足，洁净精微，穷神知化，岂能磨损朝气邪？反令人心旷神怡，意驰八极，格物致知，能动无穷焉！此正是早开悟，大成器之理也！

“余尝念想，假令今之青少年辈，皆能受先贤宗风之沐，慧命早开，则必有定静之力，仁义之德，自然敦化，一来不负往圣绝学，二来如孔子大学，顶天立地，为全人而无忝所生，则家国幸甚。将来负荷纲常，发挥事业，大有益于天下，岂虚言哉？此诚余自幼之愿耳。”

我们今日对神童的宣说是全然不够的。因为我们不相信中华文化能孕育神童与雄才。所以我们对神童的宣说，不自觉地淡漠了，怀疑了。我们只知道去宣传曹冲称象、司马光砸缸、孔融让梨这样的生活事迹，去展现他们的美德与聪颖。但我们忘却了，还有甘罗十二收城池、任宰相、李泌七岁胜群贤这样惊天下的历史事实！

神童的出现，不是为了去炫耀他们的人生，而是为后人树立榜样，激励我们前行。

我想，这应该也才是儿童节最根本的意义。

袁子才曾闻黄庭坚之事而有感慨，云“书到今生读已迟”。

中华民族数千年的历史，是少年神童大量涌现的历史，是圣贤雄才频出的历史。神童与雄才的出世，有赖于中华文化取法乎上的教育。从这一点，反过来证明了中华文化的神奇、神圣！

项橐，春秋时人，7岁与孔子偶遇，一番对谈，令孔子大为惊叹，于是有了孔子拜项橐为师之美谈；

甘罗，战国人。12岁时，毛遂自荐，游说赵王，充分运用“攻城为下，攻心为上”之策略，不费一兵一卒，巧取河间五城，功勋卓著，受封相国（上卿）；

房玄龄，唐朝人。生于隋朝，长于隋朝。当时隋朝方建立，堪称鼎盛。时玄龄尚幼，却识得隋朝政治将乱。有此胸襟眼界，后能成为唐初名相。

玄奘法师，俗名陈祎。13岁时执意出家，大理寺卿郑善果考问何故。小陈祎语惊四座：“意思欲望远绍如来，近光遗法。”被郑善果预为佛门伟器。

李泌，唐朝人。7岁时以惊人才学名闻朝廷。唐玄宗召其入宫，与儒释道三家大师对谈如流，玄宗异为天人，赞为神童，言其为国宝。宰相张九龄不敢坐大，亲呼“小友”。然李泌绝意科考，毕生钻研《易经》，一生辅佐玄宗、肃宗、代宗、德宗为四朝元老，指点郭子仪平叛安史之乱，史称“山中宰相”、“白衣神相”。

宋代名臣范仲淹，自幼便有宰相之器。

明代大贤刘伯温，12岁误入山洞之中，遇一老道，精研《易经心髓》，而后学问大成。

清代左宗棠，少年丧父母。耐寒苦读。18岁谒见贺长龄，受“国士之礼待之”。23岁入赘。新婚之夜，奋笔自书：“身无分文，心怀天下；手释万卷，神交古人！”后来成为清代中兴名臣。

非仅有此，随意列举：汉代东方朔2岁即能暗诵《魏史》；南朝文学家刘孝绰6岁能文；阴铿4岁诵诗赋一日千言；徐陵7岁能文、博涉经史；骆宾王6岁即写下传诵千古的《咏鹅》诗；王勃5岁就写出构思严密的文章，常常语惊四座，8岁写《汉书注指瑕》；杨炯9岁中神童举，后授校书郎；李白从小学习汉语、突厥语，5岁时能背诵《六甲》，10岁时已读完诸子百家之书。

北宋王禹偁自幼聪慧，能诗善对。一日太守宴请宾客，席间出句让众人对：“鹦鹉能言难似凤。”一时鸦雀无声无人能对。禹偁脱口对出：“蜘蛛虽巧不如蚕。”出句为鸟，对句是虫，对仗工稳，转折巧妙，设喻在理，寓意深刻。

明初解缙八岁时游南京金水河，名士胡子祺出句：“金水河边金线柳，金线柳穿金鱼口。”解缙沉吟一会儿，对曰：“玉栏杆外玉簪花，玉簪花插玉人头。”上下联各以三音节词“金线柳”和“玉簪花”顶针。

李东阳少时才敏被举荐为神童，不少文人墨客找他吟诗作对。一位老翰林以其姓名出句戏之：“李东阳气暖。”东阳立即对曰：“柳下惠风和。”此联系用兼词法属对，上联兼“阳”字，从上为“李东阳”，从下为“阳气暖”；下联兼“惠”字，从上为“柳下惠”，从下为“惠风和”。柳下惠为春秋鲁国大夫，传为正人君子，有“坐怀不乱”之誉。

陈洽八岁时随父亲沿江散步，见两舟一快一慢驶于江中，其父出上联：“两舟并行，橹速不如帆快。”陈洽对曰：“八音齐奏，笛清难比箫和。”这是谐音联，“橹速”谐三国吴都督鲁肃，“帆快”谐汉初大将樊哙，“笛清”谐北宋武将狄青，“箫和”谐西汉谋臣萧何，实际上是借助谐音评论历史人物。

张居正幼时人称“江陵神童”，一次湖北巡抚顾璘出句考他：“雏凤学飞，万里风云从此始。”居正遂答：“潜龙奋起，九天雷雨及时来。”对句展鸿鹄之志，巡抚大为赞赏，即解下腰间金带相赠。

清代张廷玉九岁时，随父亲张英到荷池赏花，其父出句为“白藕入泥，斜插银针穿地脉”；廷玉应声答道：“红莲出水，倒生朱笔点天文。”对句比出句更有气势，更显奇妙。

乾隆下江南时，遇到年幼的阮元，觉得其名很有趣，遂出句令对。联曰：“阮元何故无双耳？”阮元答道：“伊尹从来只一人。”对句嵌入商代贤相伊尹的名字，暗示自己志向，且对仗工整，平仄协调，若鬼斧神工，天造地设。

纪晓岚幼时，塾师出一上联让学生对：“人骑白马门前过。”纪晓岚对曰：“我踏金鳌海上来。”“鳌”，传说中海里的大龟或大鳖。塾师谓其终非池中之物，后果进士及第，官至礼部尚书。

林则徐幼时即显示才智机敏，有人想测试其才能，出句曰：“鸭母无鞋空洗脚。”林应声答道：“鸡公有髻不梳头。”一次游鼓山绝顶，老师一时兴起，出“山海”二字嘱学童作七言对，诸学童正在静思时，林则徐便敏捷吟道：“海到无边天作岸；山登绝顶我为峰”。

林则徐此联大气，竟传颂千古！孰知实为孩童手笔！

毛泽东16岁时咏蛙：
独坐池塘如虎踞，绿荫树下养精神。
春来我不先开口，哪个虫儿敢作声？

17岁赋离别诗：
男儿立志出乡关，学不成名誓不还。
埋骨何须桑梓地，人间无处不青山。

两首诗，均见少年毛泽东胸襟之契阔！

儿童节，有幸福的儿童，有苦难的儿童。

今天的节日，我又不自主轻哼起了黄家驹的《Amani》，这一首，为苦难儿童所创作的歌曲。世界需要文化的力量，尤其需要中华文化的力量。有了这样的力量，我们的苦难儿童，都将砥砺成长，“帝王将相宁有种，从来白屋出公卿”。

借毛先生的话，送给儿童节：“你们就像早上八九点钟的太阳。世界是你们的，也是我们的，归根结底，还是你们的！”

08

女孩该如何富养?

最大的富养，
就是把女儿养育成自尊、自强、独立、坚强的女人。

都说男孩穷养，女孩富养，这话乍听起来很有道理，但女孩怎么富养法，却是大有学问。

一个富养出来的女孩，最基本的成功教育应该是知书达理，不自私，理性，识大体，有判断力。在此前提下，才能谈得上富养。否则，越富养，对她未来生活的危害越大。

举个例子：一位富家女孩，长大后被一位来自贫困家庭、各方面条件平平的男人追求，男人只想利用女孩改变自己的命运，女孩却天真地以为那是命定的爱情，结果是，男人通过这桩婚姻搞到一大笔钱，女人生了孩子后被男人无情抛弃。其实，在婚前所有人都能看出这个男人居心不良，唯独这个女孩不理智、不清醒，即使有人好心提醒也当耳旁风，丝毫听不进去，直到她被男人打骂、虐待、抛弃，她才渐渐认清了这个男人的真面目。试想，已步入老年的富商父母，看着带着幼小孩子、孤身一人的女儿，会作何感想。

还有的女孩，在娘家被千娇百媚地宠着，什么也不会做，自立能力差，刁蛮、任性、自私，这些都在她未来婚姻中埋下一颗颗雷，在和丈夫共同打拼中，很难会有幸福的婚姻。

所以，富养的意义绝不仅仅是物质上的富养，更多的是培养女孩子一颗强大的内心，乐观、积极、善良、无私，让她能从容应对未来可能发生的任何状况，能够知人、自知，不盲目、不上当。

爱情是女孩子必须要过的一堂课。一定要让女孩子知道，爱情并不是唯一，只是这个世界很小的一部分，即使失去也没什么大不了。曾发生过很让人心痛的案例，一个年仅23岁的毕业于名牌大学、家世很好的漂亮女孩自杀了，原因居然是她爱上一个有妇之夫，那男人许诺离婚娶她，但最终却回归了家庭。所以这个女孩选择了自杀。其实如果她是个心智成熟、理性的女孩子，她投进那个有妇之夫怀抱时，就应该料想到会有这样的结局。或者她绝不会轻易给别人当小三，无论那个男人说得多动听。

让人气愤并痛心的是：一、父母23年的养育之恩居然比不上一个玩弄她感情的骗子，她居然不顾父母的哀痛，撇下父母而去，没有尽到为人子女的责任；二、生命是最珍贵的，她却如此轻视自己的生命，竟然能如此轻易放弃；三、作为小三，她不但不反思自己这样做不讲道德，破坏别人的家庭，对另一个无辜的女人及孩子造成伤害，反而为自己自私的爱感到委屈；四、名牌大学毕业，受社会培养多年，却没有对社会尽到应尽的责任。

所以，这样的女孩子，即使长得再漂亮，成绩再好，没有正确的价值观和责任感，也只会给家庭和社会造成伤害。

那对痛失爱女、相对垂泪的父母，有没有反思过自己对女儿的教育方式？一个真正善良、无私的女孩子，绝对不会去伤害别的女人，更不会伤害疼她爱她的父母。

所以，所有想富养女儿的父母，最大的富养，就是把女儿养育成自尊、自强、独立、坚强的女人。

09 用今生还前世的债

我相信我的女儿也一定是一个乐观的、安静的、有书香气的美女子。

范校长是我的一位朋友，近日刚刚喜得爱女，三十五岁的他有感而发，写了如下美文：

我们每个人的生命都需要某种动机（Motivation）。我很小的时候，想的是怎么样在学校不受欺负，因为个子小，经常性的感觉危机四伏。于是很自然的，小时候的我很早就懂得智取的好处。六年级开始懂得取悦女生，可惜的是底版不好，直到大学才有女孩暗暗的喜欢。初高中就不提了，太惨了，你们懂的。

我最感谢的人是母亲。她给了我最重要的品质——乐观积极，对世界充满好奇。我出生在河北省西柏坡一个美丽的太行山边上的小村庄。小时候的家乡满眼的绿，现在很多梦里，依然是老家院子里的两颗石榴树春天刚刚发出嫩绿的样子。嫩绿总是给我满心喜悦，直到现在。

老家院子里出门便是两条河，那时候的水很清澈，我于是9岁便学会了游泳，在河里抓鱼摸虾便成为儿时我的主要娱乐活动。童年就是那样，美成一幅画，如果有可能再重新来一次生命，我宁可留在那个画一样的童年。

然后就是慢慢地长大，一眨眼，已经是奔四的男人。

一个男人心理可能会发生几次大的改变，一个是拿到结婚证，一个是当爸爸。我家儿子帅帅出生的那一刻，说实话当时没什么感觉，后来等他张嘴叫你爸爸的时候，你的心会瞬间融化掉。我第一次知道，除了爱情，还有一种东西也可以融化人心——亲情。

人类真是一种奇怪的动物，也是一种很幸运的动物。

等到2015年儿女出生，我发现我比5年前儿子出生的时候更有耐心。抱着她晒晒太阳，或者给她唱首歌，一下子变得那么自然。

难道我前生真的欠了她的债？就算是，好，那就用今生来还好了。

我希望女儿是瓜子脸，像她的爸爸一样。嗯，结果是爸爸的基因确实战胜了妈妈的基因。儿子和女儿都是爸爸的瓜子脸，想来这孩子长大了也绝对是个万人迷吧。

加之她爸爸这么爱读书，想来她也不会是个花瓶。她会长成一个有气质、有书香的美女。

男人，年龄越大便慢慢懂得边界的意思。工作与生活边界的拿捏，勤奋与休闲边界的拿捏……一个有边界的男人才算是一个慢慢成熟起来的男人吧。

在这个后工业时代，爸爸不知道去哪了的时代，我们更需要懂得边界的意义，否则我们很容易沦为工业异化的奴隶，如此，女儿的到来是否反过来帮助了爸爸的心灵成长呢？

生命是需要动机的。我们常常把工业的动机，诸如成功，发财，比其他人牛当做目标，我这么多年来也是如此。现在随着年龄增长，慢慢变得宽容，对人对事都慢慢宽容起来。

我们这个时代，这个国家对于成功的定义过于单一了。但，我相信我们迟早会到那个找寻幸福的时代，因为在我们这个国家大部分的历史里，我们其实是个很会过日子的民族。我们变得如此不会过日子也没多久的时间。

大约是这样的。我总是这么莫名的乐观，我相信我的女儿也一定是一个乐观的、安静的、有书香气的美女子。

10
好好过日子，幸福一辈子

每个父亲，在女儿出嫁时，
是既幸福又矛盾的心情吧。

麦加班长，博学多才、风度翩翩，他唯一的爱女在两年前出嫁了，爱女配得佳婿，算是人生一大幸事。转眼女儿女婿已结婚两年，忆起当年女儿出嫁时，麦加班长感慨良多，在我们的要求下，他把在婚礼上的一番发言整理出来：

尊敬的各位来宾，上午好：

今天在这里，我的女儿和贤婿举办结婚典礼。因为各位亲朋好友的亲自光临，我感到蓬荜生辉，万分荣幸。我代表全家率两位新人向各位嘉宾，表示最诚挚的感谢。

室外万象生辉，欣欣向荣，室内喜气洋洋，高朋满座。男大当婚，女大当嫁，女儿是我和夫人从无到有、从小到大的作品，与我们朝夕相处，长大成人，如今真的要出嫁了，作为父亲的确是感慨万千，五味杂陈，并且新上任的岳父，在这个时刻，有必要对你们做些嘱托，我就讲五个字。

第一个字，好。两个孩子都是好孩子，是高中同学，互相促进，共同留学，一起参加工作，走到今天。女儿更是我们家的掌上明珠，从出生睁眼看世界，上蓝天幼儿园到景山学校，到高中、大学，又到英国留学，回国工作，一直学习勤奋，做事认真，有时任性，但尊重老师和同学、领导和同事，工作后很敬业，她是我们家的骄傲。她的成长进步，和老师的培养、同学的帮助、领导的重视、同事的支持都分不开；和在座的爷爷奶奶、叔叔伯伯、姑姑阿姨、兄弟姐妹的关心照顾分不开的；尤其要强调的，是一直陪伴女儿成长的奶奶，付出不知多少辛劳，给予了无微不至的抚养和照顾，你要永远铭记和感恩。

第二个字，好。今天你两人携手走进结婚的殿堂，两好合一好，表明一对新人、一个新家庭的诞生。大家来祝福，愿你两互敬互爱，白头偕老，百年好合。要让祝福成现实，就要牢记并实践中国家庭千年的好传统：温、良、恭、俭、让，这五德。温就是彼此要温和，相互要温存体贴；良就是要心地善良，正直；恭就是对人要恭敬，做人要谦恭；俭就是要勤俭持家，生活要低调、要有计划性；让就是相互谦让，与人多礼让。坚持五德，今后遇到的困难都能克服，生活才能过得如意美好。

第三个字，过。新的生活开始了，时间依然是一分一秒地过。一寸光阴一寸金，要珍惜时间，要继续学习，充实自己，平平淡淡才是真，健健康康就是福。人非圣贤，孰能无过，要学会包容，要知错就改，要互相激励，彼此体谅，要善于等待，给对方空间，不能斤斤计较。家庭不是讨论对错、争论高低的法庭或赛场，而是互相配合弥补的舞台，更是相互信赖、把彼此的心灵寄放在一起的乐园。

第四个字，日，就是太阳。毛主席说过：你们青年人好像早晨八九点钟的太阳，朝气蓬勃，正在兴旺时期。要像太阳一样光明磊落、无私坦荡，勇于担当，热情开朗，要用行动温暖你们的周围。而且每一天的太阳都是新的，要乐观向上，积极健康，养成良好的生活和工作习惯。

第五个字，子。大家都来祝福你们，其中祝你们早生贵子。我要说的这个子，还有三层意思：一是孩子，你们成家立业，将来要生子，成为父母，但是在父母面前你们永远是孩子，做孩子孝道第一，要关心孝敬彼此的父母，万事孝为先，有孝才万事顺。你们持孝道就能受人尊重、被人接受，事业才顺利。第二是君子，做人要有理想、有追求、有规矩，做事要遵纪守法，方能德才兼备，成为道德高尚的人。第三是夫子，就是老师。父母是孩子的第一老师，你们要做父母，必须先做当好老师的准备，身教重于言教，这样你们将来的孩子，才能青出于蓝而胜于蓝。

我说的五个字，是极普通简单的五个字，却是我们做家长的心愿，相信也是所有亲朋好友的祝愿。

大家和我一起说这五个字："好好过日子——就能——幸福一辈子。再次诚挚的感谢大家光临，来为两位新人祝福。"

每个父亲，在女儿出嫁时，是既幸福又矛盾的心情吧。在宾客盈门的婚礼上，能即兴讲出这一番有情有理的话，也充分说明了麦加班长的才学和修养。

11
捍卫家庭的和睦

愿有岁月可回首，且以深情共白头，
这是人世间最美好的状态了。

和小乐老师及一帮同学聚会，商量如何扩招团队、选贤育能。这是一群如至亲家人般的密友。席间聊到了小乐老师筹备的金融博士会馆计划，聊到了某些人说的某些话，对应的某种心态，看到的某份变化。大家都深深慨叹家人和睦的重要性。

最近这段时间，小乐老师年过九旬的外公外婆在他家里生活。老人虽已过九旬，但身体康健，精神矍铄，至今两位老人外出还紧紧牵住对方的手，深情共白头，让人心生艳羡。

小乐老师发现了一种孝敬老人的方法论。如果想让老人欢喜，就应该使家庭和睦，家庭和睦是孝顺父母的最佳方式；如果希望长辈们，尤其是隔辈的老人能够长久住世，就应该与兄弟姐妹们团结，兄弟姐妹们的团结是供养长辈们的最好礼物；而如果想得到诸佛菩萨的庇护，就应该以真诚待人、关爱生命，真诚待人和关爱生命是令诸佛菩萨欢喜的最殊胜途径。

这点我深为赞同，家庭和睦不光是老人的福祉，对孩子尤其如此。一个孩子如果生在和睦家庭，会幸福、健康成长，培养健全、阳光的人格。做过这么多年法制和道德节目主持人，看到无数令人痛心的案例。凡是早早涉足犯罪的孩子，都有个不和睦的家庭，父母或者关系紧张，或者离异，孩子得不到足够的爱，每天面对的是无穷尽的矛盾和冲突，孩子们对此无能为力，陷入恐惧、不安中，他们也会用家人之间对峙的方式对待这个世界。

而我们成人承认现实的不完美，才有可能做出利于和睦的改变，拥有一个越来越好的自己，孩子们还没有这个能力。而要想做到家人和睦，这些年来，小乐老师总结的则是，只要坚守“一个主义、两个对峙”即可。一个主义是爱的主义。要深信你和你的兄弟姐妹、父母爱人之间是“真心诚意的爱”、是“无私无畏的爱”、是“永不动摇的爱”。只有家人们心中有了这份坚守，才会在面对各种烦恼、矛盾与困难时，想起用“两个对峙”来捍卫自己的和家人的“爱的主义”。

第一个对峙是“与烦恼对峙”。在佛教的修学领域，凡夫会起烦恼，有修行的人也会起烦恼。凡夫起烦恼，就像在泥里画画，当时有痕迹，过后也有痕迹；有修行的人起烦恼，就像在水里画画，当时有痕迹，过后就平静如初了。

所以，将朋友变为家人的一个重要条件，就是要考察自己和自己深爱的家人们究竟是个凡夫还是个值得珍惜之人？拿刚才我说的这个标准来衡量，一试便知是否可以做到“愿有岁月可回首，且以情深共白头”。

捍卫和睦的第二个对峙是“与空杯心态对峙”。空杯心态，就是要将心里的杯子倒空，在自己最在意的家人和朋友面前，将自己在乎的很多东西以及曾经辉煌的过去从心态上彻底了结清空。因为装满水的杯子又如何再装得下其他东西呢？每一天都是新原点，每一次工作都应从零开始，每个新事物都应以一种崭新的心态去学习并完成。

永远不要把过去当回事，要从每一天开始，真心地去爱值得爱的家人。所谓缘分，就是遇见了该遇见的人；所谓福分，就是能和有缘人共享人生的悲欢。无论何等缘分，都离不开珍惜二字。和睦是一种能力，而不是懦弱。是淡泊名利时的珍惜，是曾经沧海后的在意，是狂风暴雨中的坦然。

如是，生活更加美好。愿有岁月可回首，且以深情共白头，这是人世间最美好的状态了。

12
想妈妈了

梦想渐行渐远，我们却没来由地思念起妈妈来。
甚至怀念和妈妈相处的每一种温馨感受。

今天在微信上，无意中看到一位已四十三岁的男人写的一段话：

扭头看窗外，东三环上，车水马龙，南来北往的车，把国贸桥都快挤满了。长安街上也是，密密麻麻，一只只蜗牛似的往前爬。忽然就觉得，能坐在凉爽的办公室，不在烈日下暴晒，不在车阵中消耗生命，也是幸福。

脑子里又闪过那个画面：连绵起伏的群山之中，碧绿苍翠，山谷中，高高低低，一汪一汪的水田错落有致。烈日下，水田里，一个挽起裤脚的少年，正弯腰跟在妈妈身后，深一脚浅一脚，脸上都是汗，还有泥巴。此刻，正是南方插秧的时节。累啊！山谷寂静，只能听见风声虫声，和少年粗壮的喘息声。妈妈直起腰，望着少年，眼睛里都是期望：好好读书，上大学，就可以不种田，风吹不着，雨淋不着了……

少年没吭声，只是抿紧了嘴角，狠狠地点头。

三十多年前的事儿了，恍如昨天。

想妈妈了。

最后一句“想妈妈了”，无意间拨动了许多人的心弦。有种想流泪的冲动，看看微信上，也是回应一片。

年轻时，我们很少想起妈妈来。世界太精彩，新鲜事物太多，我们忙着谈恋爱、做事业、追逐梦想。妈妈太唠叨，年少时的叛逆让我们觉得和妈妈无法沟通，我们甚至希望离家和妈妈越远越好。

待到一切尘埃落定，成了家、生了孩子，梦想渐行渐远，我们却没来由地思念起妈妈来。甚至怀念和妈妈相处的每一种温馨感受。

今年刚刚六岁的儿子，每天都要亲我、抱我无数遍。沉浸在浓浓的母子亲情里，觉得那个小小的生命如此依恋自己，有时都会莫名的感动，所以更要拿出母亲的责任来，每天精心地养育他，让他长大后，可以有更多的回忆与妈妈共处的美妙时光。

拿起电话，给妈妈拔了过去。

第四辑

······

倾我一生一世念

01
陌上花开缓缓归

*说到底，打动人心的不仅是文字，
更是一片似海情深。*

这个春天，怎觉得如此繁花似锦？

下班，走在国贸路边，不时望见水红的桃花横斜出来，黑色的枝干缀满繁花，为冰冷理智的CBD地带平添温情，“忽逢桃花林，夹岸数百步，中无杂树，芳草鲜美，落英缤纷”，虽没有如此规模，却有这种意境。

巨大的广告牌下，一树树海棠探出身来，风姿绰约、美艳绝伦，为这个现代化的中心商务区添了些许野趣和生趣。

不知不觉就放慢了脚步。

而心情，也渐渐舒畅起来。

回到小区，小区里的花也都开了，开得千娇百媚，姹紫嫣红，望见一树开得旺盛的海棠，禁不住大声喊出来："美！好美！"又看到紫色的丁香，花朵娇小香艳，直沁人心脾，又禁不住大叫："香，好香啊！"

奇怪，从未有哪一年，对花有这样沉醉、对春有这么热切。

猛然想起一句话："陌上花开，可缓缓归矣"，这是大字不识几个的钱武肃王寄给妻子的一封信上的一句话。

"陌上花开，可缓缓归矣。"——寥寥几字，却意蕴无限，意境优美。意思是说：田间阡陌上的花开了，你可以一边赏花，一边慢慢地回来。而我，可以等着你！

这句虽朴实但却浪漫无比的话表达了吴越王钱镠对妻子深沉内敛的爱。

这背后有着很动人的故事。

据王士祯《香祖笔记》记载：吴越王钱镠的原配夫人戴氏王妃，是横溪郎碧村的一个农家姑娘。戴氏是乡里出了名的贤淑女，嫁给钱镠之后，跟随钱镠南征北战，担惊受怕了半辈子，后来成了一国之母。虽是年纪轻轻就离乡背井的，却还是乡土难离，丢不开父母乡亲，年年春天都要回娘家住上一段时间，看望并侍奉双亲。

钱镠也是一个性情中人，最是念这个糟糠结发之妻。戴氏回家住得久了，便要带信给她：或是思念、或是问候，其中也有催促之意。过去临安到郎碧要翻一座岭，一边是陡峭的山峰，一边是湍急的苕溪溪流。钱镠怕戴氏夫人轿舆不安全，行走也不方便，就专门拨出银子，派人前去铺石修路，路旁边还加设栏杆。后来这座山岭就改名为“栏杆岭”了。

那一年，戴妃又去了郎碧娘家。钱镠在杭州料理政事，一日走出宫门，却见凤凰山脚，西湖堤岸已是桃红柳绿，万紫千红，想到与戴氏夫人已是多日不见，不免又生出几分思念。回到宫中，便提笔写上一封书信，虽则寥寥数语，但却情真意切，细腻入微，其中就有这么一句：

“陌上花开，可缓缓归矣。”

九个字，平实温馨，情愫尤重，让戴妃当即落下两行珠泪。此事传开去，一时成为佳话。

清代学者王士祯曾说："陌上花开，可缓缓归矣，二语艳称千古。"后来还被里人编成山歌，就名《陌上花》，在家乡民间广为传唱。

这样深沉缠绵的爱，确实让人嫉妒而向往。

后来，北宋才子苏东坡据此演绎为"陌上花三绝句"："陌上花开蝴蝶飞，江山犹是昔人非；遗民几度垂垂老，游女长歌缓缓归！"

虽然苏才子才高八斗，对仗工整，但这首诗终不如"陌上花开，可缓缓归矣"让人心旌摇动、浑然天成。

说到底，打动人心的不仅是文字，更是一片似海情深。

02
文学女青年的伤

她却真正做到了流芳百世，
惹得无数后人追怀。

杭州西湖畔，埋葬着一代名妓苏小小，苏小小貌美，还颇有诗才，不幸十九岁而殁，她死后，成了后世不朽的传说。

唐代大诗人白居易、李贺、刘禹锡、温庭筠等等都是苏小小的超级粉丝，他们争相写诗，表达对苏小小的爱慕、怀念之情。

白居易写道："若解多情寻小小，绿杨深处是苏家"，"苏家小女旧知名，杨柳风前别有情"，在白大诗人眼里，苏小小就是住在绿杨深处的女神，虽然是青楼女子，但才貌双全、让人神往。

而唐代鬼才诗人李贺写苏小小的诗则是美轮美奂，登峰造极，惹人遐思：

幽兰露，如啼眼。
无物结同心，烟花不堪剪。
草如茵，松如盖。
风为裳，水为佩。
油壁车，夕相待。
冷翠烛，劳光彩。
西陵下，风吹雨。

在李贺心中，小小是一位有才有情的绝色女子，此女只应天上有。

然而，风流总被雨打风吹去，世上空留遗憾与想念。

在古代，柳是青楼女子的代称，如“章台柳”、“花街柳陌”、“眠花宿柳”等就是固定的风尘意象。至于柳为何成为风尘女子的代称，最早有记载的见于东汉的《古诗十九首》，以“郁郁园中柳”来形容娼家女，唐代敦煌曲子词里有一首《望江南》写得非常好：

莫攀我，攀我太心偏。
我是曲江临池柳，
这人折了那人攀，
恩爱一时间。

这首诗是以风尘女子口吻写成，这位女子的职业就是风尘工作者，她对男女恩爱看得透彻而平淡，认为那纯粹是职业需要，不必动真情。但苏小小这方面显得太不专业，她不光动了真情，还很专情，因为她骨子里，其实是一枚不折不扣的文艺女青年。

文艺女青年的最大硬伤是，永远活在自己的理想梦幻中，坚定地相信爱情是世界的全部。小小最后在花样年华凄惨地死去，就是因为她太钟情，太死心眼。

其实小小生于官宦之家，她的先祖曾为东晋官，从江南姑苏流落到钱塘后靠祖产经营，成了当地的富裕商人，她的父母只有她这么个女儿，自然视为掌上明珠，十分地宠爱，因她长得娇小秀美，所以叫小小。

但天有不测风云，小小十五岁时，父母突然故去，于是小小只好变卖家产，带着乳母贾姨移居到城西的西泠桥畔。她们住在松柏林中的小楼里，每日靠积蓄生活，尽情享受于山水之间。她的美貌、洒脱常常惹得许多风流倜傥的少年跟随车后。

小小正处于二八年华、情窦初开的年纪，因此也乐于和当时的文人雅士们来往，常在她的小楼里以诗会友，她的门前总是车来车往，门庭若市，苏小小因此成了钱塘一带有名的诗妓。

有一天苏小小乘油壁车去西湖游玩，邂逅了一位长相俊美的公子——阮郁。两人一见倾心，顿时电光石火、双双坠入爱河，很快两人便同居了。

苏小小从此与阮郁形影不离，每日共同游山玩水。可是阮郁的父亲是当朝宰相阮道，他听说儿子在钱塘整日与一名妓女混在一起，非常生气，把他逼回了金陵（今南京），并胁迫他与小小分手。

满腔痴情的文艺女青年苏小小日思夜盼，却久久不见情人回来，终于害了相思病病倒了。长夜难眠，小小强撑着病体写下一首《减字木兰花》：

别离情绪，万里关山如底数。
遣妾伤悲，未必郎家心不知。
自从君去，数尽残冬春又暮。
音信全乖，等到花开不见来。

转眼间秋天到了，阮郁已走了整整一年，缠绵病榻已久的小小决定到西湖边走走，散散心。没想到在湖边她见到一位模样酷似阮郁的人，此人虽丰神俊逸，却衣着俭朴，神情沮丧，经询问才知此人叫鲍仁，因盘缠不够、无法赶考，正一筹莫展。小小慧眼识金，觉得此人气宇不凡，必能高中，于是主动为他提供钱物上的帮助。在小小资助下，鲍仁感激不尽，满怀抱负地奔赴考场。

当时的上江观察使孟浪因公事来到钱塘，闻听小小艳名，很想一见，但身为官员不好亲自登门，于是派人请她来府中，没想到苏小小架子很大，请了好几次才来，孟浪决定难为她一下，于是指着庭外一株梅花让她做诗，苏小小从容不迫地信口吟出：

梅花虽傲骨，怎敢敌春寒？
若更分红白，还须青眼看！

孟浪为此赞佩不已，他钦佩小小才貌，从心里把她视为红颜知己。奈何佳人薄命，苏小小在第二年春天接到阮郁的亲笔绝交信，悲愤交加，终于一病而逝，一代美才女从此香消玉殒。

小小香魂归天时，鲍仁已金榜题名，出任滑州刺史，他赴任时顺道经过苏小小家，想表达感谢和爱慕，没想到却正赶上她的葬礼，鲍仁不禁抚棺大哭，在她墓前立碑曰：钱塘苏小小之墓。

有诗云：“湖山此地曾埋玉，花月其人可铸金”。墓上覆六角攒尖顶亭，叫“慕才亭”，专为纪念一代美才女苏小小而建。

“生在西泠，死在西泠，葬在西泠，不负一生爱好山水”，这是苏小小的遗愿，山水之于小小，犹如小小之于诗词。江山美人，从此两得。

“妾乘油壁车，郎跨青骢马。何处结同心，西陵松柏下。”她与阮郁惊鸿一瞥的美好初见，那深入骨髓、以命相抵的爱情，始终是苏小小作为一枚文艺女青年的鲜明印记。

袁宏道在《西陵桥》里喟然长叹：

“昨日树头花，今朝陌上土。恨血与啼魂，一半逐风雨。”痛悼一代佳人的早逝。

明代大才子徐渭在《苏小小墓》一诗中直言：

一抔苏小是耶非，绣口花腮烂舞衣。
自古佳人难再得，从今比翼罢双飞。
薤边露眼啼痕浅，松下同心结带稀。
恨不癫狂如大阮，欠将一曲恸兵闺。

可见历代文人雅士对苏小小因情而逝的伤感，小小虽然只是个妓女，好像登不了大雅之堂，可她却真正做到了流芳百世，惹得无数后人追怀。她和她的诗，注定成为千古绝唱。

然而，作为文艺女青年的伤，却像庄著在《叹苏小小》序中所说：

“以卿之才，十倍于常人。然只谙风月，不谙当时者，亦非奇女子。西泠桥下水悠悠，却认浮名阮大舟！误把青骢当宝骑，可怜不解识骅骝。”

多么痛的领悟！

03
倾我一生一世念

我知道自己珍贵的东西是什么，
我们的精力有限，只能做有限的事情。

到今天，《甄嬛传》的热潮还未褪去，这部剧已经旖旎荧屏三五载，而且于大洋彼岸创下高收视率，这是中国电视剧难得的在美国引发情感共鸣，也是第一部在美国热播的中国古装剧。

记得电视剧刚播那会儿，办公室天天“小主长、小主短”的，清朝后宫礼仪几乎成为人们见面打招呼的不二选择。只是，没想到，后来和扮演温太医的晓龙成了同班同学。

实在很爱甄嬛这个女人，她的聪慧、美貌、机敏、隐忍简直成为我成长的教科书。剧中防不胜防的宫斗、每个女人令人唏嘘的命运，都让人欲罢不能。当知道如此精彩的剧集竟然出自一个八零后女生之手，她写此剧时不过二十几岁，各种复杂的感觉顿时涌上心头：先是由衷地佩服，后又生出长江后浪推前浪、前浪死在沙滩上的落寞。如此有才情的女子，她生得怎样？是否也如她笔下女子一般妩媚？她的心机是否很重？对流涟紫生出几分好奇，几经辗转，终于联系上了她。

在三里屯太古广场见到阿紫时，她随身跟一年轻男人，文质彬彬，眼神灵活，阿紫介绍说是她的经纪人，叫山风。三人落座后，我从他俩的亲昵举止判断出，原来这就是阿紫的十七爷。

和我之前想象的心机颇重的女子不同，阿紫阳光、单纯、健谈，濯清涟而不妖、出污泥而不染，仿佛不是这浊世中人，比如她说起自己从不知怎么存钱、也不办卡，连密码都不会设，所有和钱有关的都是老公打点，她只负责教书和写字。尽管功成名就，她最大的理想和兴趣仍在于教书，有人邀请她去做职业编剧，她统统力辞婉拒等等。

我知道阿紫已是中国作协成员，年纪轻轻，各种名誉加身，似乎铺就了锦绣前程，然而阿紫却不为之所动，依然踏踏实实地在中学教她的语文，教书育人，为学生的进步而欢喜；面对名利诱惑，始终懂得自己真正想要的是什么。

阿紫笑言，有一次她成名后受邀去台湾访问，一家大出版社的董事长一本正经地问她：“如今你已功成名就，为什么还要和你先生在一起？”阿紫闻言十分错愕，第一感觉是那个人疯了，难道出名了就要换老公？这种价值观是阿紫接受不了的，所以当时她没出声，却把这事当笑话一样四处讲。

是啊，人的价值观不同、追求不同，对有些事的看法确实有巨大差异，阿紫是未受世俗浸染的清纯女子，而且和老公琴瑟相合、感情颇深。

郎情妾意，正是相爱好时光。倾我一生一世念，来如飞花散似烟。

他供职于一家中医药大学，《甄嬛传》中所有的中医学知识大部分出自他的真传，剧里、剧外他都是阿紫的好帮手。

阿紫说她的创作灵感来自于浙江横店影视城一次古装穿越剧的探班，我真怀疑阿紫就是两百年前生活在紫禁城的一名妃子，她亲历了那场荣辱盛衰，空负才情与美貌，于深宫中悒郁求生，不得不承欢君前，又恨君王的薄幸与滥情。

世事轮回，此生投胎于人杰地灵的杭州西湖，出身书香人家，于钟灵毓秀的西湖畔苦读，大学毕业后谋一教职，嫁与有情郎，把前生所见种种，著书立说，拍成电视剧，让全世界的人了解百年前深宫女子的寂寞情仇。

所有存在过、没存在过的，都鲜明的再来一遍，总有一段青春值得怀念，无论是甄嬛的、还是流潋紫的，还是我的，无论前世的，还是今生的。

谁不是浮生若梦？

阿紫说她大学学的中文，在读书的时候很喜欢古典文学，几乎每次考试都是第一名，很有些天赋，而且平时看书比较杂，很冷门的书都会去看，比如研究中国古代民族服饰、中国古代民俗礼仪，包括服装材质的变化等等，就是非常冷门、放在图书馆没有人看的书。

那时候阿紫喜欢看《金枝欲孽》之类的古装剧，便萌生了一种想法，要去真实的表现宫廷生活，以前的剧把它美化了，宫廷生活其实是很残酷的。

《甄嬛传》就是把皇宫生活描写成了“人间地狱”，阿紫说，那种对女子和人性的扼杀，真的像地狱，否则我们为什么要去推翻那个时代，那个表面上看是集权统治到了顶峰、经济发展很好的一个朝代，实际上它对人性的剥削、人性的桎梏是非常严重的。

阿紫说，她有时候和先生去逛紫禁城，看着这三宫六院，每个院子都很小、房间也很小，但女子走进去，一辈子都出不来了。所以说，皇帝的女人，其实很可怜。

阿紫喜欢诗词，喜欢古文、文言文等一切简练的文字，她认为这样的文字，有一点余地要你去想，很有意味。

她大学时候曾写过很多小说，完全虚构的那种，为了给杂志社投稿挣点生活费。她也直言《甄嬛传》播出后确实对她的生活有很多的改变，最大的不同就是每天会有很多的访问，还有读者会在她办公室里等她几个小时。但是阿紫想的是尽量不被这些事情影响到，因为她毕竟还是个老师，要教书，而且这是她从小学就有的梦想，所以高中填志愿时她报的是师范大学，毕业后应聘了浙江人民出版社，都快签约了，突然接到现在学校录取的消息，她马上放弃了出版社，当了一名老师。

包括后来出书也好、写剧本也好、拍电视剧也好，她始终觉得当老师是她终生的目标。她一直朝着这个目标走，即使路上遇到再好的风景，也不会改变方向。

阿紫说，她没办法随波逐流，她是不会把既定的东西改掉而去走另一条路，因为那是未知的东西、是过眼云烟的东西，她一旦定了什么目标，就一定会按照这个方向坚定不移地走下去。

而有太多年轻人，一开始想做这件事儿，中间遇到一些挫折或是走得太顺利，就很快改变方向，他们身上似乎缺少了一种梦想带给他们的力量。

阿紫当老师已有八年了，带过两届毕业生，而且她带的毕业班成绩一直都是第一名。

成名之后，很多人对她说，不要当老师了，做职业作家、职业编剧会更有钱。她却坚定地摇摇头，因为她始终觉得，编剧只是她的兴趣爱好，如果把爱好变成想要赚钱的工具，首先做出来的东西就会失去质量，她喜欢几年做一个本子，尽心尽力地去做、精心雕琢它，这样对得起自己、也对得起读者，没必要为了钱或者其他的诱惑去随便的做东西，而丢了自己的质量和水平。

她说，我知道自己珍贵的东西是什么，我们的精力有限，只能做有限的事情。

倾我一生一世念。

04
保留欣赏海棠的心情

庆幸在这凡俗世间，于纷繁侵扰中，
尚能奇迹般地保护着我的不世故和不做作。

观赏那一树怒放的海棠花，于我是一种由衷的欣喜。

那葱郁与繁花的完美结合，让人感觉生命的蓬勃生机。南宋陆游曾写诗：“猩红鹦绿极天巧，叠萼重跗眩朝日。”形容海棠花鲜艳的红花绿叶及花朵繁茂与太阳争辉的形象。

春日午后，海棠盛放的时节，拿本书，倦倦地倚在海棠树下，在阳光下晒晒发霉的心情，打发细碎的时光，偶有花瓣飘落一身，那种美，既是偷得浮生半日闲的愉悦，又有种对命运恩赐的感恩。

海棠花姿妩媚，花开似锦，初见有让人惊艳之感，它的雅号很多，有“花中神仙”、“花贵妃”、“花尊贵”之称，在皇家园林中更是不可缺的，常与玉兰、牡丹、桂花相配植，形成“玉棠富贵”的意境。

因为其妩媚动人，雨后清香犹存，花艳难以描绘，海棠经常被用来比喻美人，但是撇去其娇艳妩媚，海棠花却又称断肠花，思乡草，有象征游子思乡，表达离愁别绪的意思。

明代的“风流才子”唐伯虎曾根据杨贵妃“海棠春睡”的典故，意兴大发，提笔挥就，画了一幅《海棠美人图》，并配诗云：

褪尽东风满面妆，可怜蝶粉与蜂狂。
自今意思谁能说，一片春心付海棠。

相比唐伯虎的婉约细致、意兴阑珊，其实我更爱宋代一个不太知名的词人王淇的《春暮游小园》：

一从梅粉褪残妆，涂抹新红上海棠。
开到荼縻花事了，丝丝夭棘出莓墙。

世道多艰，庆幸我能享受这悠闲的与海棠相伴的时光。当经济化大潮席卷而来的时候，我们每个人都可以做出对己而言最正确的选择，但我觉得，即使再忙，最好也忙中偷闲亲近自然、放松身心，回归人最本质、最纯粹的需要。

越来越觉得成功似乎是一个伪命题。何为成功？可能不同的人有不同的回答，成功的定义也是五花八门。可一直以来，我们被市面上充斥的各种成功学类的书忽悠了，我们变得太着急、太焦虑，几乎把金钱当作了唯一标准，说某人成功，就是某人拥有了巨额的财富。而我认为成功的标准（对女人而言）则是简单的六个字：“健康、美丽、快乐”，此时海棠树下的我，就很快乐。

其实对人类来说，终极追求也是“平安、喜乐”，在这种大目标指引下，我们可以更理智地选择过怎样的生活，一些所谓的烦恼、得失、成败就有了更平和的视角。

时间就这么琐碎的过去。也许人生的意义，就是没有意义。努力将每一天过得快乐、充实，细细品味每天经历的美好。

比如我曾经被朱亦兵老师的大提琴乐团所震撼。他带着他的弟子，把一首首曲子拉得如泣如诉，似乎每首曲子都被注入了独特的灵魂。

最妙的是朱老师的语言，精妙，不世故，又有参透人生的力透纸背，那么犀利而顽皮。几曲终了，朱老师的一句：“不开的不叫花，不表达的不是人。”震撼全场，令人莞尔。

是啊，如朱老师所说，一切腼腆都是不妥当的，要敢于表达、善于表达，而智慧的表达则更是难能可贵。真正智慧的表达应当是看清，看透，而不看破。因为看清需要智慧，看透需要阅历，不看破则需要一种胸襟。

有这种胸襟的人，精神世界一定是丰富的、安详的。一个人，倘若能够通过自己的体悟，看清这个世界；并且能够通过自己的细致拿捏，不将事物看破说破，他的人生，定将达到超凡脱俗的境界。也许这才是我们追求的境界：随心所欲而不逾矩。

我庆幸在这凡俗世间，于纷繁侵扰中，尚能奇迹般地保护着我的不世故和不做作，保留着欣赏海棠的心情。

06
清晨的一抹绿

阳光，翠绿；不舍，不弃。
永远驻守在青春里。

麦加班长是我们88班的灵魂人物，德高望重，有才有德，2015年他作为商务部驻昆明特派员，正式派驻山清水秀的云南。麦加班长赴滇后，除了积极投入工作，更是热衷公益事业，为我们树立了好榜样。6月份，我们全班同学一起去云南探望麦加班长，可惜我由于家人需要照顾不能成行，深感遗憾。

而在我们行期临近时，麦加班长也难掩激动之情，写下如下文字：

盼望着师兄们来云南的日子近了，十分期待。近来工作还真不少，一想忙里得以聚会，好似重回年青的时候。早晨，院里散步，一缕阳光，一抹嫩绿，竟把这种感觉推向清晰，不由写下几行感觉，与师兄们分享了。

《清晨的一抹绿》

清晨，
一缕阳光，
穿越远山、房角、林间，
照在院内一枝绿叶上。
叶子在阳光下，
格外醒目。
令人惊叹的是，
它超过了，
种水具足，
色满调正的上等翡翠。
由于它的映射，
还带着晨睡的小院，
都布满绿色的柔光。
一片绿叶，
满目青翠，
一缕晨光，
满心透灵。
记得在内蒙当兵时，
营房前种活一株白杨，
精心呵护，
浇水施肥。
十年过后，
历尽艰辛寒暑，
依然碗口那样粗，
树干斑驳似铁，

树冠婆娑如银。
每逢春季，
盼望着，
它发出的一点点新绿，
观察着，
它每天的变化和安危。
就是那一抹翠绿，
在黄沙戈壁衬托下，
放曜出青春的璀璨，
寄托着清纯的梦想。
她——
就像宝石，
就是翡翠！
如今，
在彩云之南，
满目绿野，
只要阳光集中在一点，
就又发现曾逝去的
大漠戈壁中绿的美，
释放着青春的张力，
和那风雨鼓舞的歌，
奔跑在少年的田野。
心系则诚，
心系则灵。
普普通通的生命，
那一叶一花一枝，
不是这样真实？！

那一天一季一年
不是这样淡定？！
阳光，翠绿。
不舍，不弃。
永远驻守在青春里。

……

如此优美、真诚的文字，读来令人动容，如沐春风。

07

和青春有关的日子

大一时，每天都能接到一封情书，
可死活想不起是谁写的。

前段时间，母校四十五周年校庆，请我来做校庆盛典的主持人。

二十年过去，学校已扩大了无数倍，我们昔日上学的教室以及宿舍，也都有了很大变化。

走在校园路上，有种熟悉又陌生的感觉。

晚会在大操场举行，舞台搭得很漂亮，灯光照得如同白昼，底下欢呼的竟有四万多学弟学妹！看着他们青春洋溢的脸庞，不由想起了自己读书的时光。

二十年前的聊大，最好吃的是水煎包，当时餐厅都没有座位，人们都站着吃。没开饭时，大家都拿着饭盆饥肠辘辘地等在门口，餐厅的门一开，那场面相当壮观，可谓万马奔腾，尘土飞扬。

至于那个水煎包，要挤才能挤得到。当时体育系的男生很猖獗，一个人帮兄弟们买九十多个，导致别人都买不到，后来学校出台明文规定：限购，每人每次只能买30个。包子都能限购，现在的房子限购真是弱爆了。

当时的惨烈场面，我曾亲眼目睹，一个英文系的瘦瘦小小的女生，硬是从排队人群林立的腿的缝隙里爬出来的。

当时男生引起美女注意的方法现在看来都超幼稚，吃饭的时候往人家身上砸馒头块，高中的时候则是砸粉笔头，有一次一个男生太匆忙，居然把钢笔砸了下来。

大一时，每天都能接到一封情书，可死活想不起是谁写的。夏天走在从宿舍到教室的路上，会有人气喘吁吁地送来冰棍，可到底也不知是谁送的。

至于男生送的纸条，那就更多了。最搞笑的是有一次去修车，修车的老大爷递给我一张纸条，说是哪个小伙子让他转交的。他怎会知道我要去修车？难道我的车不是自然坏的？这事想起来就哑然失笑。

还有一次也很搞笑，就是毕业那一天，上午开完了毕业典礼，下午离校之前我还收到一张纸条。

我有一个室友叫李仙儿，至今我很想念她，她喜欢大笑，人也简单而真实，她家是阳谷县大迷糊镇小迷糊村的，想起这个地名就让我忍俊不禁。

后来她毕业分到莱芜，在一所中学任教。有一次她给我来信说："天哪，我们学校有个长得很丑很丑的男人，丑得空前绝后、惊世骇俗。"她用了很多惊叹号来渲染那个男人的丑，令我不禁浮想联翩。在信的结尾，她郑重其事地问我："你说一个人，怎么可以长那么丑呢？"

再下一封信，她告诉我，她和那个世界上最丑的男人结婚了。命运就是那么充满神奇。

有个叫林妹妹的荷泽女生，毕业时力邀我去跟她卖冰棍，因为她当时的志向是开一家冷饮店。“有了你，生意肯定错不了。”她自信满满地说：“你就是冰棍西施啊。”她当时充满憧憬的神情至今如在眼前，当然，最后我残忍地拒绝了她的要求。

李仙儿、林妹妹，你们过得还好吗？失联了很久，有时真的挺想她们。

当时的女生宿舍是不允许男生进的，看门的老大爷瞪着一双血红的眼睛，铁面无私。曾经有诸位仁兄头系花丝巾、男扮女装溜入女生宿舍，无奈被老头一路狂追，最后在二楼扒开窗户的铁栅栏跳出逃生。经历了惨痛的猫捉老鼠失败史后，男生们变换了策略，纷纷在楼下放声高喊，女生的名字由此响亮地此起彼伏。

那时的校园舞厅很流行，每到周六晚，一些热心的男生总把教室装扮一新，成为简易的舞场。我是不太喜欢去这种热闹的场合的，亲眼见过男生为了争舞伴而打架，最后打得头破血流。

图书馆还是最爱去的地方，那里好静，静得一根针掉在地上都能听到响声，在那里读过许许多多知名、不知名的书，人闲桂花落，那几年的时光还是没有虚度。

那些与青春有关的日子，简单而明媚。

08
重返20岁

也许会有更好的选择，
但现在所拥有的一切已令我满足。

这几天一直在想，我的青春终结了吗？

人生的残酷之处在于，生命永无止息地向前，你会不可阻止地走向衰老和死亡。纵使美貌如花，纵使才华横溢，纵使满怀激情和梦想，纵使心有不甘和不舍。

今天看了一直想看的《重返20岁》，电影果然好，故事扣人心弦，画面好看，音乐好听，女主角也长得清纯可人，表演不着痕迹。可以打九十多分。

如果你的人生可以有重新选择的机会，重返二十岁，你会做什么？

我仔细想了想，也许还会这样选择吧，还会选择在二十多岁的时候进京，还会选择这样一个职业，还会选择在合适的时候认识孩儿他爹，并生下孩子。还会选择在恰当的时候，认识这么多靠谱和真诚的朋友。

也许会有更好的选择，但现在所拥有的一切已令我满足。不能说生活没有遗憾和苦恼，但世间永远没有完美的事，我足够明白这一点，所以我感恩生活，给予我的一切，都是最好的安排。

女主角沈梦君年轻时非常美貌，并喜欢唱歌，但不幸嫁了个短命的丈夫，儿子不满一岁，她便守寡，一个人含辛茹苦把体弱多病的儿子拉扯大，培养成名牌大学教授，她的人生，历尽苦难，从来没考虑过自己，也无暇顾及自己。当然，她也没赶上一个好时代。现在有个机会重返20岁，她不仅实现了当歌手的梦想，还遇到了心仪的男人，新的人生很圆满且美好，但为了救病危的孙儿，她又毅然舍弃了这一切：辉煌的事业、甜蜜的爱情，青春的容颜，甘心回到满是皱纹、一无所有的老年。

女人的一生，就是付出和奉献的一生。扪心自问，在关键时刻，我也会做出和沈梦君一样的选择。为了孩子，为了亲人，付出一切都在所不惜。

所以，别再嫌弃你身边唠唠叨叨的母亲和妻子，她们是真心地爱你，她们在关键时刻，也甘愿为了你付出一切。爱并不是甜言蜜语，而是注视你的深情眼神，是平淡日子的相守，是受尽委屈咽下眼泪的宽恕和原谅，只因为，她懂你，心疼你也珍惜你。

剧中几个配角的设置也很有寓意，比如那个一直和沈梦君斗嘴逞强、要去美国找女儿的张老太，有一天突然死在医院，远在美国的女儿联系不上，连个能在死亡鉴定书上签字的人都没有。人的生命如此脆弱，个体生命的消失，就像一缕烟一样，转瞬消失得无影无踪，仿佛从没有来过一样。我们现在所耿耿于怀的金钱、名利、地位、爱情，又何必如此耿耿于怀呢？

有豁达的人生态度是很重要的，人生的终极意义是快乐。也许应该有更高的追求和目标，像申东一样愿为佛祖事业贡献一生、不娶妻生子、所有收入都无偿捐献寺庙，或者像小天（暖流计划的创始人）和徐志军（光盘行动、顺风车的创始人）一样热衷于公益事业，都是特别值得敬佩的。

说到底，大多数人的一生都是蝇营狗苟就过去了，看不透的、放不下的、想不开的曾痴缠我们很久，让我们堕入无明的黑暗中，所以我们才要不断增进智慧、加强修行。

重返20岁，多么好的梦。

09
女人如花

*保持一份简单的快乐，保持对生活的热情，
在属于自己的季节尽情绽放。*

把女人比作各种各样的花，真是太形象的比喻了。有的女人是迎春花，在我们还少不更事、蒙昧无知、一片春寒料峭时，她们就娇媚地绽放了，亮丽的鹅黄色吸引了大部分人的视线。

我小学时候有一位李姓女同学，长得非常漂亮，擅画仕女图，我班女生大部分的绘画才能是跟她学的，小时候她还是我们学校的文艺骨干，大小文艺晚会她都是钦定的主持人，小时候我很羡慕她。可不知怎么的，她没有继续求学，在十七岁那年匆匆嫁了人，生了个女儿后又离婚了。近日有同学在街头遇见了她，她已经变得肥胖臃肿，早已没有了昔日的风采，让人很是惋惜。

有的女人随着岁月的沉淀是在不断加分的，而有的女人，虽曾如夏花般绚烂，然而一旦衰败凋谢，确是芳踪难觅了。

大部分女人和大部分花儿一样，都是在盛夏也就是青春期怒放。到那时，看吧，千姿百态、千娇百媚，简直叫人看花了眼，好一派春色人间！一直倾心于徐志摩对林徽因的一句赞美：“你就是那人间四月天！”人间四月，就是农历的四月份，正是百花盛放、姹紫嫣红的季节，绝对是美不胜收的，徐志摩不愧是才华横溢的大诗人，连对女人的溢美之词也如此充满诗意。

在这百花园中，有雍容华贵的牡丹、有娇艳欲滴的玫瑰、月季，有清新的荷花、百合，有矜持娇贵的兰花、木槿等等，每朵花都先后被中意于她的人儿摘走了，于是，热热闹闹、精彩纷呈的故事纷纷上演，装点了整个夏天。所以，夏天是甜蜜和热烈的，爱情故事也多在这个季节发生。莎士比亚的《仲夏夜之梦》就描述了在这样两个“仲夏疯”的夜晚，由“魔汁”引发的冲突以及有情人终成眷属的爱情喜剧。

几年前去庐山，在寺庙的青板石上读到了白居易的诗句“人间四月芳菲尽，山寺桃花始盛开”。由于海拔和气候的关系，世上真的出现了晚熟的桃花，当山下的花纷纷开败了之后，山上的桃花才灿如云霞般地怒放了，不凑热闹，倒落了个一枝独秀，以至于还留下这么一句千古传唱的佳句。

等到秋天，纷纷扰扰的时光过去了，天地间忽然一片萧索，一场秋雨一场寒，落英缤纷，花的影子都不见了，所以多愁善感的林黛玉才会悲秋伤春：“花谢花飞飞满天，红销香断有谁怜？明媚鲜妍能几时，一朝漂泊难寻觅。花开易见落难寻，阶前愁煞葬花人。试看春残花渐落，便是红颜老死时。一朝春尽红颜老，花落人亡两不知。”真的是愁肠百结、百转千回。这时候，百花开罢，只有菊花还怒放，不过菊花虽美，却不能当爱情的信物，它更适合寄托哀思。美是一样的美，开放的季节不同，用途也差得远了。

到了冬天，白茫茫一片大地真干净，在这一片单调的白色中，怒放的梅花成了世间唯一的风景，“已是悬崖百丈冰，犹有花枝俏，俏也不争春，只把春来报，待到山花烂漫时，她在丛中笑。”毛泽东的《卜算子·咏梅》是我从小便喜爱的诗句。这首诗大概化自陆游的“驿外断桥边，寂寞开无主。已是黄昏独自愁，更着风和雨。无意苦争春，一任群芳妒。零落成泥碾作尘，只有香如故。”也是《卜算子·咏梅》，都是我极爱的。梅花，不但美，还代表了一种情操，一种不惧严寒、不畏艰苦的勇敢，所以才惹得一代伟人、才子为之倾心。

在人间芳菲全尽的时候，梅花笑傲枝头。若能做梅花一样的女人，那是另外一个至高的境界了，美而稀有，与众不同，坚毅沉着、经得起岁月的风霜雪雨、从不畏惧，让人在爱的同时，还油然而生一种敬意。

也许做什么样的花，不是我们能够选择的，我们能做的，只是尽量将花期延长。保持一颗童心，保持一份简单的快乐，保持对生活的热情，在属于自己的季节尽情绽放。

10
学画

画画的过程是静心的过程，而且可以屏蔽掉俗世中许多烦恼，沉浸在画画中，避免了许多情绪的起伏低落。

七月的天气，北京城里正闷热得够呛，西山却如世外桃源，温度能低好几度。了了的四合院，虽坐落村里，却不同于普通农家，整个院子及家具都古色古香，雅致大气。墙角偶尔斜出的几束野花，自然而有趣。

就在一棵茂盛的核桃树旁，是我们学画的画室。里面摆放十几张画桌，笔墨纸砚样样俱全，学员们几乎都是第一次接触中国画，零基础，心里多少有点儿忐忑。我们学画画是从认各色毛笔开始的，哪支画荷、哪支勾线、哪支画叶。

最初的动力是画画能够怡情养性，书画家总是人群中最高寿的，再一个是源于儿时未满足的心愿，儿时喜欢涂涂抹抹，却从未系统学习过。传统的中国画有悠久的历史，中国画创作以立意为先，许多画家都强调这一点，不管是画山水、画人物、还是画花鸟。

唐代张彦远在《历代名画记》中有一段关于“六法”的论述：“夫象物必在于形似，形似须全其骨气。骨气形似，皆本于大意而归乎用笔。”他认为立意在先，画中才能有变态、有奇意。

宋代以画梅花著名的华光和尚，法号仲仁，传为华光著作的《画梅指迷》中，有一段“画梅全决”， 开头就是：“画梅全决，生意为先。”到了清代的方薰，著有《山静居画论》。在这里也强调了立意与作画之关系，他说：“作画必先立意以定位置，意奇则奇，意高则高，意远则远，意深则深，意古则古。”

中国画是以线存形的，通过线勾出轮廓、质感、体积来。德国的诗人

歌德称美术有用光表现得神态活现的那种本领，说明西洋画用光为造型手段之一。但中国画主要是以线为造型之基础，这就使中西绘画在造型手段上有明显分野，但这并非说西洋画完全排斥用线，而是说光可以作为绘画的主要语言而用于绘画的。

中国画无论对山水的破线或是衣服的纹线，都积累了非常丰富的线型，巧妙地描绘着各种形象。“以形写神”是晋代画家顾恺之的一句名言，从而确立了中国艺术神高于形的美学观。它与纯以抽象性为高的近代欧洲美学观具很大的区别，即画人画物不仅仅于形似，还要升高于神似，画出人和物的精神面貌，不停止于外形之模拟，不拘泥于自然之真实。

教我们画画的老师雅号叫荷花，因为擅画荷花，在全国很有名。他教我们画花瓣，两笔即勾勒完成，粉白相间，独具风韵。荷叶即泼墨的大写意画法，看似简单，其实不好掌握。墨分五色，浓淡干湿黑，在一张荷叶上全体现出来了。

画画的过程是静心的过程，而且可以屏蔽掉俗世中许多烦恼，六月份股灾到来时，沉浸在画画中，避免了许多情绪的起伏低落。朋友们戏称：股灾逼出了个女画家，画家远谈不上，努力在学画的道路上不断精进吧。

因为在我看来，一个沉静的女子，能随心随性描画出心中最美的景色风物，那也是人生最惬意的事之一吧。

11
何必争个什么主义

只要有利于夫妻感情、家庭和谐，
退一步又如何？何必争个什么主义？

如今，女权主义越来越盛行。一位男同学的老婆是做女权主义研究的，而且成效斐然，她去美国留学，我那位当董事长的男同学就放下手头所有的工作前去陪读，做饭、带孩子，温良贤淑，标准的贤父良夫。

那天和他聊天，他说他新研制了两款面膜准备推向市场，还说要为他老婆成立一个高端女性俱乐部，他还神秘兮兮地告诉我：现在已到了男色消费时代。我这一惊非同小可：难道真的已经到了女权主义时代？

其实，我一直很庆幸生在今日之中国，生在这样一个男女平等、一夫一妻的时代。

如果是在过去，朱门小户的人家，就算心怀憧憬，也是被父母之言、媒妁之命匆匆嫁了，在掀起红盖头的那一瞬才得以与夫君见面。

如果幸运，还能夫妻恩爱，相偕白首，但大多数女子的命运，是那个掀起红盖头的人，根本不如你所愿，即使勉强如愿了，也还面临着妻妾争宠，斗得你死我活，终于色衰而爱弛。终其一生，不过乞求一个三心二意男人的垂爱。就像《甄嬛传》里那些苦哈哈的娘娘小主。

就算大户人家小姐，又心怀浪漫，也只能在自家的后花园中浅吟低唱，见着一个俊俏书生的画像便魂不守舍、相思成疾，生而死、死而生，生生死死，《牡丹亭》的杜丽娘也是千辛万苦，最终好不容易才能达成心愿。

中国有太悠久的男尊女卑的传统，尤其宋明理学之后，对女子从身体到心灵进行了多方面的禁锢，强化了贞洁、不得改嫁等观念。如果不幸生为一个才貌双全的女人，不是在家庭的禁锢中渐渐磨去了才华、心性和美貌，就是沦落为薛涛、鱼玄机、柳如是等名妓、歌姬。

这些美才女卖笑不卖身，在男人们狂蜂乱蝶的追逐中老去了年华——一曲红绡不知数、老大嫁作商人妇，再红的歌姬最终的结局也不过如此。

那时嫁作商人妇算是比较悲惨的结局了，因为“商人重利轻别离”，满腔的孤独寂寞只能化作“大珠小珠落玉盘——别有幽愁暗恨生”。

现在的商人妇，似乎成了人人艳羡的，这时代变幻太快。

纵使那史上留名的才女薛涛，虽然其才识和美貌得到当时大多数男人垂青和追逐，然而她当时的命运还是寄放在韦皋的身上，一个男人，既可以捧她，又可以毁了她，她终究没有什么自主权，一生还要极尽谄谀之能事，可怜了才女的清名。只有零星诗作随艳名一起流落历史和民间，为她贴上才女的标签，其实说到底，不过是男人的消遣与点缀。

古代的女子，在那些不能自主的时代，根本无力抗争命运，纵是如李清照这样出身名门望族、诗才冠绝当代的女子，亦摆脱不了晚年颠沛流离、国破家亡、憔悴不堪的命运。

哪像现在？

我们可以通过知识改变命运，可以通过努力做白领、金领或气势逼人的女老板，高兴了还可以做女首相、女国务卿；和这个男人过不下去了，就离，女人不再被要求从一而终、守节明志，一辈子守着痛苦的婚姻过日子，像玉婆伊丽莎白·泰勒那样结上七八次婚也未尝不可，这属于个人隐私、个人权利。以前是女人战战兢兢地服侍男人，现在经济独立自主的女人和男人享有同等的权利。尤其在大城市，妇女解放运动已经取得了阶段性的重大胜利，女人在事业和家庭中的地位与日俱增。

德国曾经有一个金发蓝眼的美貌女主播，现在她的身份是家庭主妇兼作家，最近出了本书叫《夏娃原则——走向新女性》非常的火爆，6个月内卖出了10万册。该女有个好听的名字叫夏娃，夏娃原则就是她提出的。

这个原则的主要观点是："女人应该谦逊恭顺，放弃与男人在职场上的争斗，怀疑事业的价值，多多生儿育女，一心相夫教子。并且男人不必强迫自己煮面条或者换尿布，一展雄性英姿，为妻女张开宽阔而坚实的臂膀。"她的观点就是让男女回归男主外、女主内的自然天性。天哪，我们老祖宗一直弘扬的传统美德，居然在21世纪的德国成为了一种新思潮。

夏娃原则的提出，激怒了以爱丽丝·施瓦泽尔为代表的德国女权主义者，她称夏娃原则是纳粹时代的"母亲十字勋章"、"石器时代的人类化石，"说这种观点是社会的一种倒退，倒退到了20世纪50年代。

其实，对夏娃的这个观点，我持一种既不反对也不赞成的态度，因为我觉得女人在每个年龄阶段都有自己不同的需求：在二十多岁的时候，更多的是对事业的追求，三十岁的时候，可能对家庭的渴望比较强烈。夏娃今年已经49岁，她曾经是德国国家电视台新闻播音员和脱口秀主持人，事业也曾经辉煌过，换言之，她经历过职场带给她的一切荣耀和快乐，所以她才有资格说回归家庭，体味另一种生活。

实际上，夏娃结过四次婚，在同第三任丈夫有孩子后，她才放弃了工作，成为一名专职家庭主妇，并开始不断写书向读者传达她新发现的生活智慧，实际上我觉得正是得益于她以前的职场经历，锤炼了她爱思考和善于发现、表达的能力，才让她能以文字这种形式总结生活、及时与读者沟通。

如果没有职场的锤炼和拼杀，一个每天机械或简单地重复生活、懒于思考的家庭妇女，是很难体会到这种家庭生活的幸福的，也是很难把这种生活状态提炼成出来大肆宣扬的。所以，我认为，无论做职场女性还是家庭主妇，只要自己努力做到最好、只要自己感到幸福就行了，女人，缺少这两种生活中的哪一种，都是一种缺憾。

当然，这是个自由、开放、多元的世界，各种生活方式、各种价值取向杂然共存，人们少了禁锢、多了选择自然是好事，但在这个多元世界里迷失了自己就不是好事了。

其实，我认为，女权主义也好、男权主义也罢，只要有利于夫妻感情、家庭和谐，退一步又如何？何必争个什么主义？真正的感情、真正的爱，真正的为对方着想，无论在哪个时代都是行得通的。至高无上、穿越任何时代的主义，我认为是自然、真实主义，返璞归真，只有自然的、真实的东西才是最美的，也是最弥足珍贵的。

12
修行的目的

修行的目的，在于达到圆满的智慧和慈悲，
而非让人们在苦不堪言的境遇中生存。

小乐老师很有智慧，对佛经、教义颇有心得。前几天一条《阿雅证实老公是活佛：没有想象的那么神》的娱乐新闻引爆微博和微信圈。有网友从各种细节扒出“阿雅的老公是竹庆本乐仁波切”。“女星”、“仁波切”、“活佛”、“老公”这些字眼放在一起，足以吊起大众的好奇心。很多人问：活佛还能结婚啊？我和大众一样有好奇心，于是找小乐老师讨教。

小乐老师说：佛教自释迦牟尼佛创教以来，一直就有两种体系，一种是出家人的体系，另一种是在家人的体系。佛教把出家人和在家人合称为“佛教二众”。出家人里又分男众和女众，在家人里也分男众和女众，合称为“佛教四众”。进一步细分，出家男众里又分沙弥和比丘，出家女众里分式叉摩那、沙弥尼和比丘尼。在家人分优婆塞（男居士）、优婆夷（女居士）。合称为“佛教七众”。

佛教中，出家人是不能结婚的，而在家人是可以结婚的。出家人如果要结婚，必须先舍出家戒，然后才能结婚。如果不舍戒而与异性发生关系，属于破戒行为，是会被逐出僧团的。

活佛，是汉地人对藏区“祖古”的一种称谓，藏语里并无“活佛”一词，“活佛”一词是我们汉人创造的，出处已经不可考。但是民间一直流传着把济公叫做活佛。老百姓通常会认为活佛是很神秘的，甚至会一些神通法术的。而在藏区，“祖古”就是指乘愿再来的转世者，这些人前世就是修行者，因为发了菩提心的缘故，所以这辈子再来人间继续修行和教化众生。

仁波切是藏语，意为“人中之宝”、“如意宝”，是藏区老百姓对高僧大德和某方面事业有成者的一种尊称，比较贴切的、相对应的汉语是“大师”，也有人用“尊者”一词。像汉传佛教禅宗里的六祖慧能大师，如果在藏区，就会被人尊称为“慧能仁波切”。藏传佛教和汉传佛教一样，也分出家和在家两种体系。祖古（转世者、活佛）也分“出家的祖古”和“在家的祖古”，俗称“出家活佛”和“在家活佛”。出家活佛就是比丘，和汉传佛教一样，是不能结婚的。在家活佛本身就是居士，是可以娶妻生子的。出家活佛如果想要结婚，就要先舍出家的戒律，然后再结婚。

伟大的爱国者第十世班禅大师就是舍戒后结婚的，但这丝毫无损于他在藏汉人民心中的崇高地位。

佛教历史上最著名的“在家仁波切”可能就是维摩诘大居士了。维摩诘是古印度毗舍离城中的一个富翁，他的妻子貌美，名叫无垢，有一双儿女，子名善思童子，女名月上女，皆具宿世善根。一家四口，平日以法自娱。维摩诘家有万贯，奴婢成群。

但是他勤于攻读，虔诚修行，能够处相而不住相，对境而不生境，得圣果成就，被称为菩萨。

有一次，他称病在家，惊动了佛陀。佛陀特派文殊师利菩萨等去探病。佛知道维摩诘菩萨只是诈病，所以派去了被誉为智慧第一的文殊菩萨。文殊菩萨见到维摩诘后，两位菩萨互斗机锋，反复论说佛法，义理深奥，妙语连珠，使同去探访的菩萨、罗汉们都听呆了。一场论战后，文殊菩萨对维摩诘倍加推崇，人们对维摩诘菩萨也更加崇敬了。维摩诘为诸大菩萨之代表。直心正念真如，亲证平等实相；见得一切众生心源，具足恒沙无量功德。故起方便教化，使一切众生，除心源上之烦恼，显心源上之功德。所以维摩诘大居士又被我们称为在家居士的祖师。

阿雅的老公第七世竹庆本乐仁波切，1965年出生于锡金，他在1974年（也就是9岁时）接受了沙弥戒，随后又接受了完整的比丘戒成为出家比丘。后来竹庆本乐仁波切在美国舍戒还俗，成为在家的佛学导师。他是大圆满法的持有者，同时也具有完整的噶玛噶举派传承（他的三皈依戒和菩萨戒是第十六世大宝法王所授）。竹庆本乐仁波切现定居美国西雅图，为美国公民。他以那澜陀西方国际研讨中心为教学基地，在西方广传佛法。也曾数次在香港大学担任藏传佛教课程的讲师。

很多人一提到佛教，就想当然的认为佛教是禁欲的，这是对佛教的一种误解。佛教历来主张中道，所谓中道，就是反对两个极端，既反对极端的苦行主义，也反对极端的享乐主义。佛教认为，极端享乐，穷欲而为，对出家之人的修道决然无益，所以必须力戒。但这并不意味着大家都要去做苦行僧，大乘佛教修行的目的，在于达到圆满的智慧和慈悲，而非让人们在苦不堪言的境遇中生存。

对于在家人而言，佛教主张既不禁欲，也不纵欲。从修行角度上讲，佛教对人的基本大欲（财、色、名、食、睡等“五欲”）主张化导，即所谓“化欲”，使人们的这些欲望不至于走向极端。五欲是建立在五根的基础上，五根：眼、耳、鼻、舌、身五种器官，是我们感受世界的五种渠道。五根同样充满强烈的需求，眼睛贪着悦目的色彩；耳朵贪着动听的音乐；舌头贪着美味的食物；鼻子贪着芬芳的气息；身体贪着舒适的环境。

对于已在寺院剃度出家的人而言，佛教制定了严格的戒律规范出家人的行为，使其通过修行最终达到人天导师的标准。佛教通过让出家人学习佛法、修习禅定，使他们深深地体会到“禅悦为食、法喜充满”的境界，这种境界已远远胜过了凡尘之世的“五欲”之乐，从而使心不会再被外境所转。正因为如此，出家人才能正确对待世间的“五欲”之乐，用智慧疏导不当的欲望，使它升华并转化成有益的“正能量”，佛法的妙用即在于此。

所以不要把活佛当成万能的，如果真这样，世间不用办医院，谁生病找位活佛一加持就可以；农民也不用种地，都去找活佛解决温饱就行。应该把活佛当成老师，他通过佛法教你认识轮回，认识因果，教你如何面对痛苦。佛教的本质不是看病、算命、说神通，而是闻思和实修，靠神通等吸引人学佛，那佛教就麻烦了。

小乐老师一番见解，令我茅塞顿开，想来对普罗大众和有志于佛教研究的人们大有益处吧。

13
成功的道理

他们爱思索、爱探讨，乐于分享，
他们是这个沸腾时代的中坚力量。

去中欧商学院听《大众娱乐与营销的融合》的讲座，因为第一次到这里，开车开了好久，让我触动的是以往的蚁族聚居地唐家岭，终为高科技产业园、现代化高端商学院所取代。

中欧建得很简约、大气，走进沸腾的101教室，呼朋引伴的招呼声此起彼伏。商学院的气质都是相似的，总脱不了金钱美女的一丝虚浮气息，但我希望在中欧看到不一样的基因。

那晚的论坛和影视制作有关，请了业内几个大腕，比如胡刚（《最美和声》总投资人，《女神新衣》投资人，电影《爸爸去哪儿》投资人），王倩（《何以笙箫默》总制片人），李庆（《哆啦A梦：伴我同行》总策划、总制片），伊简梅（《星语心愿》总策划）讲述他们的幕后故事，还有中欧商学院王高教授对娱乐营销的诠释，所以还是蛮有兴趣听的。

《中欧商业评论》主编王正翊主持论坛，她开篇即说一切都是娱乐，她的观点我认可。接着是中欧的王高教授十五分钟的主题演讲，他讲了纵向差异化与横向差异化，纵向差异化即满足身体的需要，横向差异化即触动我们的神经，满足我们精神需要。还谈到了大众创意产品的消费动态和娱乐产品营销，以及话题性、病毒性营销。

华录百纳的胡钢第二个发言，他的主题是传媒娱乐、跨界体育，体育

是大娱乐概念，现在中国电视业已进入制播分离，娱乐业已进入春秋末期的厮杀阶段，现在大部分娱乐节目是间接给明星打工，因为给明星的钱太多了。他认为娱乐业虽处盛世，也有危机。庞大的中国市场已可以和北美抗衡，华录百纳去年就在布局体育营销，胡刚认为：今天干的每件事都应成为明天的积累。新兴的体育和娱乐结合节目将呼之欲出。

接下来是《何以笙箫默》的总制片人王倩发言，她的主题为“构建互联网十时代下的品牌内容的生态营销圈”，她认为现阶段，这个生态圈已然形成，粉丝经济蓬勃发展，关注你所存在的整个次元非常重要。生态圈拥有时间维度，一旦构成，会终身难以脱离。她认为品牌内容和营销一定是结合起来的。

接下来是聚思的CEO李庆发言，她认为，强大的IP打造娱乐整合营销闭环，娱乐营销都是互相作用于品牌，她举了即将上映的《哆啦A梦：伴我同行》为例。

然后是橙天CEO伊简梅发表演讲，她的题目是“小电影也有营销春天”，她以生动有趣的PPT阐述了这样的观点：电影要火，营销更要火，她认为在她操盘过的案例中，《爱情呼叫转移》、《棒子老虎鸡》是比较成功的，半成功案例是《疯狂的石头》、《失恋33天》，而错过的案例是《同桌的你》，她演讲的最后呼吁和中国青年电影一起成长！

最后登台的是星空华文的田明，他是“中国好声音”的操盘手，他分享说：星空的梦想是做音乐产业、音乐平台，做华语音乐新人的入口，一些新的音乐节目比如《面具歌手》、《格莱美音乐之星》即将推出，他们会做品牌授权、做中国最大的现场音乐供应商。他认为，今天所有的努力，都是为未来沉淀下人才、品牌和平台资源。

整个讲座听下来，觉得中欧的同学还是很靠谱、务实的，有很多新鲜资讯、头脑风暴，同时也坚定了明年做部电影的想法。

成功的人总有成功的道理，他们爱思索、爱探讨，乐于分享，他们是这个沸腾时代的中坚力量。

后记：简单生活就是快乐

一直以来，我就想当一个简单的女子。

没有那么多心计、没有那么多欲求、没有那么多物质的牵绊，简简单单。

一日三餐，哪怕自己亲手做的粗茶淡饭，食材新鲜、味道可口即可；穿着舒适、适合自己就好，不懂大牌，所以不为大牌所累，不纠结也不羡慕；豪宅能住，斗室也觉温馨，只要和自己的家人一起就好。朋友不在多，有三五知己就好。与朋友小聚，不必奢华，只需真诚交流就够。因为佛说："心如莲花，人生才会一路芬芳。"

流年滚滚，尘世喧嚣。佛说："万物于镜中空相，终诸相无相。"当我们在这一生中，经历了世间春夏秋冬的节令更替，经历了风霜雨雪的侵袭后，就要开始学会安之若素、随遇而安，学会像一盏茶那般，尝得起先苦后甜的人生况味。

生活简单让人轻松快乐，想法简单让人平和宁静。因为简单，才深悟生命之轻，轻若飞花，轻似落霞，轻如雨丝；因为简单，才洞悉心灵之静，静若夜空，静似幽谷，静如小溪。

痛苦的心态来自嗔恨，来自计较，来自心胸狭窄，来自争强好胜。乐观的心态来自宽容，来自大度，来自善解人意，来自简简单单、与世无争。

独自经历风霜，经过了然后淡忘；独自走过痛苦，走过了然后微笑。那些压枝欲弯的时刻，即便想起，也是莞尔一笑。一路上有太多的风景，值得细细品味。值得珍惜的，留在心底；不值得珍惜的，全部忘掉。

简单就好。

删繁就简，返璞归真。阅尽世间繁华，到头来不过一抔黄沙。那些所有争的、吵的、不眠的岁月，想起来都是对生命的辜负，实在不值。正如一好友所说："快乐，不在繁华热闹中，而在内心的宁静里；烦恼，不在谨言慎行中，而在人我的是非中。"

所以，快乐是自己的选择，是一种历尽艰辛后洒脱、智慧的选择。而简单，就是到达快乐最直接的途径。

所以，我宁愿在简单的生活中快乐到老，也不愿在繁杂的纷争中享尽富贵。

是以后记。

徐君
2015年9月